«Terre des Hommes» – «Erde der Menschen» oder auch «Erde der Männer» – heißt das Buch, in dem Antoine de Saint-Exupéry 1939 seine kleineren Schriften gesammelt herausgegeben hat: Berichte aus der Welt der französischen Flieger, die in den zwanziger Jahren die Postfluglinien in Nordafrika und Südamerika erschlossen.

Es sind erstaunliche Berichte von den Elementen des Planeten Erde, von kargen Ländern und ihren stolzen Bewohnern, vom einfachen Leben, von der Freiheit, von der Kameradschaft, vom mitmenschlichen Dienst.

Erzählung, Betrachtung und Reflexion gehen ineinander über, der Pionier des technischen Fortschritts ist zugleich aristokratischer Dichter und kritischer Philosoph.

Männliches Pathos war bei uns, als 1939 die deutsche Ausgabe unter dem Titel «Wind, Sand und Sterne» erschien, ohne weiteres willkommen und genehm. Innerlichkeit war es auch. Aber das «Bewußtsein, mitzuwirken am Bau der Welt», dieser übernationale Humanismus: das war seit Jahren unerhört.

Wer das Unerhörte weitersagen wollte, mußte es in einer vertrauten, Vertrauen weckenden Sprache tun. Vielleicht erklärt sich so die interpretatorische Vorsicht, mit der Henrik Becker das eher etwas lapidar klingende Original übersetzt hat. Saint-Exupéry hat diese Übersetzung ausdrücklich autorisiert.

Der vorliegende Band enthält zwei abgeschlossene Texte aus «Terre des Hommes» – «Wind, Sand und Sterne» in französisch-deutschem Paralleldruck.

dtv zweisprachig · Edition Langewiesche-Brandt

Antoine de Saint-Exupéry

Dans le Désert. Les Camarades

In der Wüste. Die Kameraden

Deutscher Taschenbuch Verlag

Von Antoine de Saint-Exupéry im Deutschen Taschenbuch Verlag: Dem Leben einen Sinn geben; Eine Auswahl aus seinen Schriften. dtv 86

Autorisierte Übersetzung von Henrik Becker

Deutscher Taschenbuch Verlag GmbH & Co. KG München
Juli 1975

Umschlaggestaltung: Celestino Piatti
Gesamtherstellung: Kösel, Kempten
Printed in Germany. ISBN 3-423-09103-7

Dans le Désert

1

De telles douceurs nous étaient interdites quand, pour des semaines, des mois, des années, nous étions, pilotes de ligne du Sahara, prisonniers des sables, naviguant d'un fortin à l'autre, sans revenir. Ce désert n'offrait point d'oasis semblable: jardins et jeunes filles, quelles légendes! Bien sûr, très loin, là où notre travail une fois achevé nous pourrions revivre, mille jeunes filles nous attendaient. Bien sûr, là-bas, parmi leurs mangoustes ou leurs livres, elles se composaient avec patience des âmes savoureuses. Bien sûr, elles embellissaient...

Mais je connais la solitude. Trois années de désert m'en ont bien enseigné le goût. On ne s'y effraie point d'une jeunesse qui s'use dans un paysage minéral, mais il y apparaît que, loin de soi, c'est le monde entier qui vieillit.

Les arbres ont formé leurs fruits, les terres ont sorti leur blé, les femmes déjà sont belles. Mais la saison avance, il faudrait se hâter de rentrer... Mais la saison avance et l'on est retenu au loin... Et les biens de la terre glissent entre les doigts comme le sable fin des dunes.

L'écoulement du temps, d'ordinaire, n'est pas res-
6 senti par les hommes. Ils vivent dans une paix provi-
7 soire. Mais voici que nous l'éprouvions, une fois l'es-

In der Wüste

1

So gut wie in der Oase, von der ich eben erzählte, ging es uns nicht ein einziges Mal, während wir als Verkehrsflieger der Saharalinie auf Wochen, Monate, ja auf Jahre Gefangene des Sandes waren und von einer Wüstenfestung zur anderen flogen, ohne je heimzukommen. Oasen, wie die geschilderte, gab es in dieser Wüste nicht; Gärten und Mädchen waren eine ferne Sage. Gewiß, wenn wir einmal mit unserer Arbeit fertig sein würden, dann gab es einen fernen Ort, wo wir aufleben wollten, wo tausend Mädchen auf uns warteten. In der Stille bildeten sich bei zahmen Tieren und Büchern geduldig ihre schönen Seelen aus. Und von Tag zu Tag wurden sie schöner...

Aber ich habe das Einsamsein kennengelernt. Drei Jahre Dienst haben mir die Wüste ausgiebig zu kosten gegeben. Sie ist gar nicht so schrecklich, und in ihrer Gesellschaft empfindet man kein Grauen davor, die besten Jahre seiner Jugend in einem öden Steinland zu verbringen. Es kommt einem vielmehr so vor, als ob weit draußen die Welt alt würde. Die Bäume haben ihre Früchte gebildet, die Felder treiben ihre Ähren, die Frauen sind schön geworden. Die Zeit fliegt, man müßte heimkehren! Die Zeit fliegt – und man wird in der Ferne zurückgehalten. Die Güter der Welt gleiten uns durch die Finger wie der Sand der Dünen.

Den Ablauf der Zeit empfinden die Menschen für gewöhnlich gar nicht; sie leben in einem vorläufigen Frieden. Wir aber empfanden ihn, denn auf uns drückten nach der Landung

cale gagnée, quand pesaient sur nous ces vents alizés, toujours en marche. Nous étions semblables à ce voyageur du rapide, plein du bruit des essieux qui battent dans la nuit, et qui devine, aux poignées de lumière qui, derrière la vitre, sont dilapidées, le ruissellement des campagnes, de leurs villages, de leurs domaines enchantés, dont il ne peut rien retenir puisqu'il est en voyage. Nous aussi, animés d'une fièvre légère, les oreilles sifflantes encore du bruit du vol, nous nous sentions en route, malgré le calme de l'escale. Nous nous découvrions, nous aussi, emportés vers un avenir ignoré, à travers la pensée des vents, par les battements de nos cœurs.

La dissidence ajoutait au désert. Les nuits de Cap Juby, de quart d'heure en quart d'heure, étaient coupées comme par le gong d'une horloge: les sentinelles, de proche en proche, s'alertaient l'une l'autre par un grand cri réglementaire. Le fort espagnol de Cap Juby, perdu en dissidence, se gardait ainsi contre des menaces qui ne montraient point leur visage. Et nous, les passagers de ce vaisseau aveugle, nous écoutions l'appel s'enfler de proche en proche, et décrire sur nous des orbes d'oiseaux de mer.

Et cependant, nous avons aimé le désert.

S'il n'est d'abord que vide et que silence, c'est qu'il ne s'offre point aux amants d'un jour. Un simple village de chez nous déjà se dérobe. Si nous ne renon-
8 çons pas, pour lui, au reste du monde, si nous ne
9 rentrons pas dans ses traditions, dans ses coutumes,

ohne Unterlaß die ewigen Passatwinde. Es ging uns wie dem Reisenden im Schnellzug, dem der stoßende Lärm der Achsen, die ihren Takt in die Nacht hinaussenden, die Ohren erfüllt. Er sieht durch seine Fensterscheibe hinaus ins Dunkle und ahnt in den zerstreuten Lichtern, daß Felder, Dörfer und stille Winkel an ihm vorüberfliegen, von denen er nichts behalten darf; er ist ja auf Reisen. Auch wir fühlten uns trotz der Stille der Flughäfen ständig unterwegs. Ein leichtes Fieber machte einen überwach, und die Ohren waren noch immer erfüllt vom Motorengeräusch. Wir hatten das Gefühl, einer unbekannten Zukunft entgegenzureisen, denn pausenlos trug uns der Schlag unseres Herzens in Gedanken durch die Winde.

Die Aufstände verstärkten die Wirkung der Wüste. In die stillen Nächte von Cap Juby klang alle Viertelstunde eine eigenartige Glocke: die Wachen riefen einander mit dem vorgeschriebenen lauten Rufe an. So sicherte sich die spanische Festung Cap Juby im Aufstandsgebiet gegen die schleichenden Gefahren, die sich niemals ins Gesicht sehen ließen.

Und wir, Fahrgäste auf diesem blindgesteuerten Schiff, wir lauschten dem Anruf, der von Posten zu Posten lauter wurde und um uns kreiste wie der Schrei der Meeresvögel.

Und dennoch liebten wir die Wüste.

Zuerst ist sie nur Leere und Schweigen, denn sie gibt sich nicht zu Liebschaften von einem Tage her. Schon in der Heimat hält sich das stille Dorf scheu zurück. Niemand kann es kennen, der nicht ihm zuliebe auf die ganze übrige Welt verzichtet, sich in seine Überlieferungen, seine Sitten, seine Strei-

dans ses rivalités, nous ignorons tout de la patrie qu'il compose pour quelques-uns. Mieux encore, à deux pas de nous, l'homme qui s'est muré dans son cloître, et vit selon des règles qui nous sont inconnues, celui-là émerge véritablement dans des solitudes thibétaines, dans un éloignement où nul avion ne nous déposera jamais. Qu'allons-nous visiter sa cellule! Elle est vide. L'empire de l'hommes est intérieur. Ainsi le désert n'est point fait de sable, ni de Touareg, ni de Maures même armés d'un fusil...

Mais voici qu'aujourd'hui nous avons éprouvé la soif. Et ce puits que nous connaissions, nous découvrons, aujourd'hui seulement, qu'il rayonne sur l'étendue. Une femme invisible peut enchanter ainsi toute une maison. Un puits porte loin, comme l'amour.

Les sables sont d'abord déserts, puis vient le jour où, craignant l'approche d'un rezzou, nous y lisons les plis du grand manteau dont il s'enveloppe. Le rezzou aussi transfigure les sables.

Nous avons accepté la règle du jeu, le jeu nous forme à son image. Le Sahara, c'est en nous qu'il se montre. L'aborder ce n'est point visiter l'oasis, c'est faire notre religion d'une fontaine.

2

Dès mon premier voyage, j'ai connu le goût du désert. Nous nous étions échoués, Riguelle, Guillaumet et

tigkeiten einlebt; und dabei ist es für etliche Menschen Heimat und Weltall. Noch tiefer einsam freilich ist der Mensch neben uns, der sich seine Klausur gemauert hat und in ihr nach Ordensregeln lebt, die wir nicht kennen. Kein Lamakloster kann eine solche Entfernung bieten, in die nicht einmal ein Flugzeug dringt. Und wenn wir die Zelle des Einsamen zu sehen bekommen, so ist sie leer. Das Reich des Menschen ist ein inneres Reich. So ist auch die Wüste nicht aus Sand gemacht und nicht aus Tuaregs und nicht einmal aus gewehrtragenden Beduinen.

Dann aber haben wir einen guten Tag Durst gelitten, und plötzlich spüren wir zum allerersten Male, daß der altbekannte Brunnen eine Ausstrahlung hat. Eine unsichtbare Frau kann ein ganzes Haus verzaubern; ein Brunnen wirkt weit, so weit wie die Liebe.

Die Sandmassen schienen erst so öde! Eines Tages aber fürchten wir einen Kriegszug der Aufständischen, und plötzlich entdecken wir, daß der Sand ein weiter, faltiger, verhüllender Mantel ist. So ein Kriegszug gab der Wüste ein neues Gesicht.

Diese Spielregeln haben wir angenommen und uns dem Spiel eingegliedert. Nun ist die Sahara in uns, und da erst zeigt sie sich. Ihr nahekommen, das bedeutet nicht, eine Oase besuchen, sondern an einen Brunnen tief und inbrünstig glauben.

2

Gleich auf meinem ersten Fluge sollte ich erfahren, was Wüste heißt. Wir, das heißt Riguelle, Guillaumet und ich, mußten bei

moi, auprès du fortin de Nouatchott. Ce petit poste de Mauritanie était alors aussi isolé de toute vie qu'un îlot perdu en mer. Un vieux sergent y vivait enfermé avec ses quinze Sénégalais. Il nous reçut comme des envoyés du ciel:

– Ah! ça me fait quelque chose de vous parler... Ah! ça me fait quelque chose!

Ça lui faisait quelque chose: il pleurait.

– Depuis six mois, vous êtes les premiers. C'est tous les six mois qu'on me ravitaille. Tantôt c'est le lieutenant. Tantôt c'est le capitaine. La dernière fois, c'était le capitaine...

Nous nous sentions encore abasourdis. A deux heures de Dakar, où le déjeuner se prépare, l'embiellage saute, et l'on change de destinée. On joue le rôle d'apparition auprès d'un vieux sergent qui pleure.

– Ah! buvez, ça me fait plaisir d'offrir du vin! Pensez un peu! quand le capitaine est passé, je n'en avais plus pour le capitaine.

J'ai raconté ça dans un livre, mais ce n'était point du roman. Il nous a dit:

– La dernière fois, je n'ai même pas pu trinquer... Et j'ai eu tellement honte que j'ai demandé ma relève.

Trinquer! Trinquer un grand coup avec l'autre, qui saute à bas du méhari, ruisselant de sueur! Six mois durant on avait vécu pour cette minute-là. Depuis un
12 mois déjà on astiquait les armes, on fourbissait le
13 poste de la soute au grenier. Et déjà, depuis quelques

dem Vorposten Nuatchott notlanden. Diese winzige Festung in Mauretanien war damals so einsam und fern von allem Leben wie eine Insel im Weltmeer. Ein älterer Unteroffizier lebte dort weltabgeschieden mit seinen fünfzehn Senegalschützen. Er empfing uns wie Abgesandte des Himmels:

«Kinder, was das für mich bedeutet, daß ich mit euch reden kann, ach ja, was das für mich bedeutet!»

Und ob es für ihn etwas bedeutete – er weinte.

«Seit einem halben Jahr seid ihr die ersten. Alle halben Jahre werden nämlich meine Vorräte ergänzt. Einmal kommt der Leutnant, einmal der Hauptmann. Das letzte Mal war es der Hauptmann.»

Wir waren noch benommen. Zwei Stunden vor Dakar, wo man schon das Essen für uns kocht, bricht eine Pleuelstange, und schon wartet ein ganz anderes Schicksal auf uns: wir spielen die Rolle einer wundersamen Erscheinung bei einem alten Unteroffizier, der darüber weinen muß.

«Trinkt, Kinder, es macht mir ja solche Freude, Wein einzuschenken! Denkt euch nur, wie der Hauptmann das letzte Mal durchgekommen ist, da hatte ich keinen für den Hauptmann.»

Ich habe das in einem Buch erzählt, aber es war nichts Erdichtetes. Er sagte zu uns:

«Jawohl, wir konnten nicht anstoßen! Ich habe mich so geschämt, daß ich um meine Versetzung bat.»

Ja, anstoßen muß man können, kräftig anstoßen mit dem Ankömmling, der schweißtriefend von der Kamelstute springt. Ein halbes Jahr hat man auf diese Minute gewartet. Seit einem Monat schon wurden die Waffen geputzt und der Posten vom Keller bis zum Boden gereinigt. Seit mehreren Tagen lagerte

jours, sentant l'approche du jour béni, on surveillait, du haut de la terrasse, inlassablement, l'horizon, afin d'y découvrir cette poussière, dont s'enveloppera, quand il apparaîtra, le peloton mobile d'Atar...

Mais le vin manque: on ne peut célébrer la fête. On ne trinque pas. On se découvre déshonoré...

– J'ai hâte qu'il revienne. Je l'attends...

– Où est-il, sergent?

Et le sergent, montrant les sables:

– On ne sait pas, il est partout, le capitaine!

Elle fut réelle aussi, cette nuit passée sur la terrasse du fortin, à parler des étoiles. Il n'était rien d'autre à surveiller. Elles étaient là, bien au complet, comme en avion, mais stables.

En avion, quand la nuit est trop belle, on se laisse aller, on ne pilote plus guère, et l'avion peu à peu s'incline sur la gauche. On le croit encore horizontal quand on découvre sous l'aile droite un village. Dans le désert il n'est point de village. Alors une flottille de pêche en mer. Mais au large du Sahara, il n'est point de flottille de pêche.

Alors? Alors on sourit de l'erreur. Doucement, on redresse l'avion. Et le village reprend sa place. On raccroche à la panoplie la constellation que l'on avait laissé tomber. Village? Oui. Village d'étoiles. Mais, du haut du fortin, il n'est qu'un désert comme gelé, des vagues de sable sans mouvement. Des constellations bien accrochées. Et le sergent nous parle d'elles:

über allem das Vorgefühl des herrlichen Tages, und unermüdlich hatte das Auge oben von der Terrasse das ganze Blickfeld abgesucht, um die Staubwolke zu entdecken, aus der sich dann die fliegende Schwadron von Atar entpuppte.

Aber es fehlt an Wein: das Fest kann nicht gefeiert werden. Man kann nicht anstoßen. Man fühlt sich entehrt...

«Nun muß er bald wiederkommen. Ich warte schon sehr.»

«Und wo ist denn dein Hauptmann, Unteroffizier?»

Er zeigt auf die weiten Sandwellen:

«Das weiß man nie. Der Hauptmann ist überall.»

Sie war Wirklichkeit, diese Nacht auf der Terrasse des befestigten Postens; wir sprachen von den Sternen. Etwas anderes gab es ja auch nicht zu bewachen. Dafür waren sie auch so vollzählich da wie im Flugzeug, nur standen sie still.

Im Flugzeug kann es vorkommen, daß man sich gehen läßt und in einer gar zu schönen Nacht zu steuern vergißt. Das Flugzeug legt sich etwas auf die linke Seite. Der Flieger freilich meint, daß es noch immer waagerecht liegt. Da entdeckt er unter dem rechten Flügel die Lichter eines Dorfes; in der Wüste aber gibt es keine Dörfer. Dann ist es wohl eine Fischerflotte beim nächtlichen Fischfang? Aber mitten in der Wüste fahren keine Fischerboote. Was ist es dann? Ja, dann muß der Flieger über den Irrtum lächeln, behutsam richtet er sein Flugzeug wieder gerade. Das Dorf kommt wieder an seinen Platz, und er hängt das Sternbild wieder ans Himmelsgewölbe, von dem er es hatte herunterfallen lassen, sein Sternendorf. Oben von unserer Festung aus gesehen war die Wüste aber erstarrt, und ihre Wogen standen unbewegt. Die Sternbilder aber hingen fest am Himmel, und unser Unteroffizier sagte von ihnen:

– Allez! Je connais bien mes directions... Cap sur cette étoile, droit sur Tunis!

– Tu es de Tunis?

– Non. Ma cousine.

Il se fait un très long silence. Mais le sergent n'ose rien nous cacher:

– Un jour, j'irai à Tunis.

Certes, par un autre chemin qu'en marchant droit sur cette étoile. A moins qu'un jour d'expédition un puits tari ne le livre à la poésie du délire. Alors l'étoile, la cousine et Tunis se confondront. Alors commencera cette marche inspirée, que les profanes croient douloureuse.

– J'ai demandé une fois au capitaine une permission pour Tunis, rapport à cette cousine. Et il m'a répondu...

– Et il t'a répondu?

– Et il m'a répondu: «C'est plein de cousines, le monde.» Et, comme c'était moins loin, il m'a envoyé à Dakar.

– Elle était belle, ta cousine?

– Celle de Tunis? Bien sûr. Elle était blonde.

– Non, celle de Dakar?

Sergent, nous t'aurions embrassé pour ta réponse un peu dépitée et mélancolique:

– Elle était nègre...

16 Le Sahara pour toi, sergent? C'était un Dieu perpé-
17 tuellement en marche vers toi. C'était aussi la douceur

«Glaubt mir's nur, ich kenne meine Himmelsrichtungen. Mit Kurs auf den Stern dort drüben kommt ihr nach Tunis!»

«Du bist wohl von Tunis?»

«Ich nicht, aber meine Kusine.»

Es trat eine lange Pause im Gespräch ein. Aber der Unteroffizier konnte uns nichts verschweigen:

«Ich gehe auch einmal nach Tunis, irgendeinmal.»

Nun, dazu wirst du schon einen anderen Weg wählen als den, immer einem Stern zu folgen. Es sei denn, daß dich eines Tages auf einem Wüstenmarsch ein versiegter Brunnen der Verzückung des Durstfiebers in die Arme treibt. Da würden Stern, Kusine und Tunis eins werden. Da würdest du den von Erleuchtung getriebenen Marsch antreten, den nur die für qualvoll halten, die jenen Glauben nicht haben.

«Einmal habe ich den Hauptmann um Urlaub nach Tunis gebeten, eben wegen dieser Kusine. Und da hat er mir geantwortet...»

«Da hat er dir geantwortet?»

«Da hat er mir geantwortet: ‹Kusinen gibt es überall.› Und weil es weniger weit war, hat er mich nach Dakar geschickt.»

«War deine Kusine schön?»

«Die in Tunis? O gewiß; sie war blond.»

«Nein, die in Dakar!»

Unteroffizier, wir wären dir fast um den Hals gefallen wegen deiner etwas verdrossenen und betrübten Antwort.

«Die war eine Negerin.»

Was war die Sahara für dich, Unteroffizier? Sie war ein Gott, der sich stets auf dem Weg zu dir befand, und sie war auch

d'une cousine blonde derrière cinq mille kilomètres de sable.

Le désert pour nous? C'était ce qui naissait en nous. Ce que nous apprenions sur nous-mêmes. Nous aussi, cette nuit-là, nous étions amoureux d'une cousine et d'un capitaine...

3

Situé à la lisière des territoires insoumis, Port-Étienne n'est pas une ville. On y trouve un fortin, un hangar et une baraque de bois pour les équipages de chez nous. Le désert, autour, est si absolu que, malgré ses faibles ressources militaires, Port-Étienne est presque invincible. Il faut franchir, pour l'attaquer, une telle ceinture de sable et de feu que les rezzous ne peuvent l'atteindre qu'à bout de forces, après épuisement des provisions d'eau. Pourtant, de mémoire d'homme, il y a toujours eu, quelque part dans le Nord, un rezzou en marche sur Port-Étienne. Chaque fois que le capitaine-gouverneur vient boire chez nous un verre de thé, il nous montre sa marche sur les cartes, comme on raconte la légende d'une belle princesse. Mais ce rezzou n'arrive jamais, tari par le sable même, comme un fleuve, et nous l'appelons le rezzou fantôme. Les grenades et les cartouches, que le Gouvernement nous distribue le soir, dorment au pied de nos lits dans leurs caisses. Et nous n'avons point à lutter contre d'autre ennemi que le silence, protégés avant tout par

eine sanfte blonde Kusine hinter fünftausend Kilometer Sand.

Und was war sie für uns? Das, was in uns reifte, was wir über uns selbst erfuhren. Wir haben gleich dir in jener Nacht eine tiefe Liebe empfunden zu einer Kusine und zu einem Hauptmann.

3

Port-Étienne, am Rande des ununterworfenen Gebietes, verdient den Namen Stadt nicht. Außer der Festung gibt es dort nur einen Flugzeugschuppen und eine Holzbaracke für unsere Besatzungen. Die Wüste rundum ist so von Kern auf Wüste, daß Port-Étienne trotz seiner geringen kriegerischen Mittel nahezu unbesiegbar ist.

Die feindlichen Kriegszüge haben einen so breiten Gürtel von Sand und Glut zu durchqueren, ehe sie zum Angriff kommen, daß sie nur erschöpft und fast ohne Wasser anlangen. Und doch ist seit Menschengedenken immer eine kampfgierige Schar im Anmarsch auf die Festung, irgendwo im Norden. Jedesmal, wenn der Hauptmann, der den Platz befehligt, bei uns ein Glas Tee trinkt, zeigt er uns ihren Vormarsch auf den Karten. Es klingt, als erzähle man von einer verwunschenen Prinzessin. Aber die Schar kommt niemals an, sie versickert im Sande wie ein Fluß, so daß wir sie unter uns die Geisterschar nennen. Ruhig liegen die Handgranaten und Patronen, die der Befehlshaber allabendlich an uns ausgibt, in ihren Kisten unter unseren Betten. Unser einziger Feind ist die Stille, unser bester Schutz unsere Armut.

notre misère. Et Lucas, chef d'aéroport, fait, nuit et jour, tourner le gramophone qui, si loin de la vie, nous parle un langage à demi perdu, et provoque une mélancolie sans objet qui ressemble curieusement à la soif.

Ce soir, nous avons dîné au fortin et le capitaine-gouverneur nous a fait admirer son jardin. Il a, en effet, reçu de France trois caisses pleines de terre véritable, qui ont ainsi franchi quatre mille kilomètres. Il y pousse trois feuilles vertes, et nous les caressons du doigt comme des bijoux. Le capitaine, quand il en parle, dit: «C'est mon parc.» Et quand souffle le vent de sable, qui sèche tout, on descend le parc à la cave.

Nous habitons à un kilomètre du fort, et rentrons chez nous sous le clair de lune, après le dîner. Sous la lune le sable est rose. Nous sentons notre dénuement, mais le sable est rose.

Mais un appel de sentinelle rétablit dans le monde le pathétique. C'est tout le Sahara qui s'effraie de nos ombres, et qui nous interroge, parce qu'un rezzou est en marche.

Dans le cri de la sentinelle toutes les voix du désert retentissent. Le désert n'est plus une maison vide: une caravane maure aimante la nuit.

Nous pourrions nous croire en sécurité. Et cepen-
20 dant! Maladie, accident, rezzou, combien de menaces
21 cheminent! L'homme est cible sur terre pour des tireurs

Lucas, der Vorstand des Flughafens, läßt sein Grammophon bei Tag und Nacht gehen und das spricht zu uns, die wir so weit vom Leben sind, eine schon halb verlorene Sprache und weckt eine trübe Sehnsucht, die merkwürdig dem Durstgefühl ähnelt.

Heute abend haben wir auf der Festung gegessen, und der Hauptmann-Befehlshaber hat uns stolz seinen Garten gezeigt. Er hat sich aus Frankreich drei Kisten wirkliche Erde kommen lassen, die viertausend Kilometer weit gereist ist. Darin pflegt er drei grüne Kräutlein, deren Blätter wir mit dem Finger streicheln wie große Kostbarkeiten. Wenn der Hauptmann von dieser Anlage spricht, nennt er sie seinen Park. Und wenn der Sandsturm weht und alles ausdörrt, wird der Park vorsorglich in den Keller gesetzt.

Wir hausen einen Kilometer von der Festung entfernt und kehren im Mondschein nach dem Essen heim. Im Mondlicht ist der Sand rosig. Einen Augenblick fühlen wir uns verlassen und arm. Aber der Sand ist so wunderbar rosig. Und nun stellt auch der Anruf einer Schildwache die dramatische Größe dieser Wüstenwelt wieder her. Die ganze Sahara fürchtet ja unsere Schatten und ruft uns an. Denn irgendwo im Norden ist eine Kriegerschar unterwegs.

In diesem Anruf der Wache klingen alle Stimmen der Wüste wider. Sie ist eben doch kein leeres Haus. Eine Karawane bewaffneter Mauretanier belebt ihre Nacht.

Man könnte sich hier so sicher wähnen. Dabei lauern so viele Drohungen, Krankheit, Unfall, Mauretanierhorden. Der Mensch ist ständig Zielscheibe für Schüsse aus dem Hinterhalt.

secrets. Mais la sentinelle sénégalaise, comme un prophète, nous le rappelle.

Nous répondons: «Français!» et passons devant l'ange noir. Et nous respirons mieux. Quelle noblesse nous a rendue cette menace... Oh! si lointaine encore, si peu urgente, si bien amortie par tant de sable: mais le monde n'est plus le même. Il redevient somptueux, ce désert. Un rezzou en marche quelque part, et qui n'aboutira jamais, fait sa divinité.

Il est maintenant onze heures du soir. Lucas revient du poste radio, et m'annonce, pour minuit, l'avion de Dakar. Tout va bien à bord. Dans mon avion, à minuit dix, on aura transbordé le courrier, et je décollerai pour le Nord. Devant une glace ébréchée, je me rase attentivement. De temps à autre, la serviette éponge autour du cou, je vais jusqu'à la porte et regarde le sable nu: il fait beau, mais le vent tombe. Je reviens au miroir. Je songe. Un vent établi pour des mois, s'il tombe, dérange parfois tout le ciel. Et maintenant, je me harnache: mes lampes de secours nouées à ma ceinture, mon altimètre, mes crayons. Je vais jusqu'à Néri qui sera cette nuit mon radio de bord. Il se rase aussi. Je lui dis: «Ça va?» Pour le moment ça va. Cette opération préliminaire est la moins difficile du vol. Mais j'entends un grésillement, une libellule bute con-
22 tre ma lampe. Sans que je sache pourquoi, elle me pince
23 le cœur.

Daran hat uns erst der Postenanruf des Senegalschützen erinnert.

Wir antworten: «Franzosen!» und gehen an dem schwarzen Erzengel vorbei. Wir atmen freier. Welch herrliches Gefühl schenkt uns die ferne Drohung, so fern, so unaufdringlich sie ist, gedämpft durch so viel Sand. Aber sie genügt: die Welt ist nicht eintönig, die Wüste treibt Aufwand. Eine bewaffnete Schar, die irgendwo vorrückt und nie zum Ziele kommen wird, gibt ihr göttlichen Reichtum.

Jetzt ist es elf Uhr abends. Lucas kommt aus der Funkstation und meldet mir für Mitternacht das Flugzeug aus Dakar. «Alles wohl an Bord.» Da kann die Post bis zehn nach Mitternacht in mein Flugzeug umgeladen sein und ich nach Norden abfliegen. Ich rasiere mich andächtig vor einem zersprungenen Spiegel. Von Zeit zu Zeit gehe ich, ohne das Handtuch vom Hals zu nehmen, zur Tür und spähe in den nackten Sand hinaus: gutes Wetter, aber der Wind läßt nach. Dann kehre ich zum Spiegel zurück und beende träumend meine Arbeit. In der Zeit, in der die Winde nach monatelangem Wehen sich zur Ruhe begeben, gibt es nicht selten große Unordnung am Himmel. Ich schirre mich jetzt an: Notlampen am Gürtel, Höhenmesser und Bleistifte. Ich gehe zu Néri, der in dieser Nacht mein Bordfunker sein soll. Er rasiert sich auch. Ich sage: «Alles in Ordnung?» Für den Augenblick ja. Diese vorbereitenden Handlungen sind ja schließlich das wenigste am ganzen Flug. Doch da höre ich ein leises Schwirren. Eine Libelle schlägt an meine Lampe. Ohne daß ich weiß warum, geht mir das nahe.

Je sors encore et je regarde: tout est pur. Une falaise qui borde le terrain tranche sur le ciel comme s'il faisait jour. Sur le désert règne un grand silence de maison en ordre. Mais voici qu'un papillon vert et deux libellules cognent ma lampe. Et j'éprouve de nouveau un sentiment sourd, qui est peut-être de la joie, peut-être de la crainte, mais qui vient du fond de moi-même, encore très obscur, qui, à peine, s'annonce. Quelqu'un me parle de très loin. Est-ce cela l'instinct? Je sors encore: le vent est tout à fait tombé. Il fait toujours frais. Mais j'ai reçu un avertissement. Je devine, je crois deviner ce que j'attends: ai-je raison? Ni le ciel ni le sable ne m'ont fait aucun signe, mais deux libellules m'ont parlé, et un papillon vert.

Je monte sur une dune et m'assois face à l'Est. Si j'ai raison «Ça» ne va pas tarder longtemps. Que chercheraient-elles ici, ces libellules, à des centaines de kilomètres des oasis de l'intérieur? De faibles débris charriés aux plages prouvent qu'un cyclone sévit en mer. Ainsi ces insectes me montrent qu'une tempête de sable est en marche; une tempête d'Est, et qui a dévasté les palmeraies lointaines de leurs papillons verts.

Son écume déjà m'a touché. Et solennel, puisqu'il est une preuve, et solennel, puisqu'il est une menace lourde, et solennel, puisqu'il contient une tempête, le vent d'Est monte. C'est à peine si m'atteint
24 son faible soupir. Je suis la borne extrême que lèche la
25 vague. A vingt mètres derrière moi, aucune toile n'eût

Ich trete nochmals vor die Tür und halte Ausschau. Die Luft ist klar. Ein Steilhang am Rande des Flugplatzes hebt sich so scharf vom Himmel ab wie am hellen Tage. Über der Wüste liegt tiefe Stille wie über einem Haus, in dem alles in Ordnung ist. Aber schon wieder prallen zwei Libellen und ein grüner Schmetterling an meine Lampe. Und erneut regt sich in mir das dunkle Gefühl, gemischt aus Freude und Besorgnis, noch kaum spürbar, als ob jemand von sehr weit her mit mir redete. Ist das Instinkt? Er treibt mich nochmals hinaus. Nun ist es ganz windstill und ebenso kühl wie vorher. Und doch habe ich eine Warnung erhalten. Ich ahne, oder glaube zu ahnen, was mich erwartet. Habe ich recht? Weder Himmel noch Sand geben mir ein noch so leises Anzeichen. Aber zwei Libellen und ein grüner Schmetterling haben mir etwas zugeflüstert.

Ich klettere auf eine Düne und setze mich hin, das Gesicht ostwärts gewendet. Wenn ich recht gehabt habe, wird «es» recht bald losgehen. Was täten sonst diese Libellen hier? Hunderte von Kilometern von den Oasen im Landinnern entfernt? Kleine Trümmer, die die Brandung an den Strand wirft, berichten von dem Taifun, der auf hoher See gewütet hat. Diese Insekten beweisen mir, daß ein Sandsturm naht, ein Oststurm, der die fernen Palmenwälder, die Heimat der grünen Schmetterlinge, heimgesucht hat. Schon hat der Schaum bis zu mir gespritzt. Ganz leise setzt sich der Ostwind in Bewegung; feierlich naht er, denn er ist ein Beweis, er ist eine furchtbare Drohung; feierlich naht er, denn in sich birgt er einen schweren Sturm. So leise kommt er zuerst, daß ich sein Ächzen nicht hören kann. Ich bin die äußerste Grenze, bis zu der seine Wellen branden. Zwanzig Meter hinter mir hätte ein Stück Stoff unbeweglich

remué. Sa brûlure m'a enveloppé une fois, une seule, d'une caresse qui semblait morte. Mais je sais bien, pendant les secondes qui suivent, que le Sahara reprend son souffle et va pousser son second soupir. Et qu'avant trois minutes la manche à air de notre hangar va s'émouvoir. Et qu'avant dix minutes le sable remplira le ciel. Tout à l'heure nous décollerons dans ce feu, ce retour de flammes du désert.

Mais ce n'est pas ce qui m'émeut. Ce qui me remplit d'une joie barbare, c'est d'avoir compris à demi mot un langage secret, c'est d'avoir flairé une trace comme un primitif, en qui tout l'avenir s'annonce par de faibles rumeurs, c'est d'avoir lu cette colère aux battements d'ailes d'une libellule.

4

Nous étions là-bas en contact avec les Maures insoumis. Ils émergeaient du fond des territoires interdits, ces territoires que nous franchissions dans nos vols; ils se hasardaient aux fortins de Juby ou de Cisneros pour y faire l'achat de pains de sucre ou de thé, puis ils se renfonçaient dans leur mystère. Et nous tentions, à leur passage, d'apprivoiser quelques-uns d'entre eux.

Quand il s'agissait de chefs influents, nous les chargions parfois à bord, d'accord avec la direction des lignes, afin de leur montrer le monde. Il s'agissait
26 d'éteindre leur orgueil, car c'était par mépris, plus
27 encore que par haine, qu'ils assassinaient les prison-

gehangen. Nur ein einziges Mal hat mich sein heißer Atem berührt, ein einziges Mal hat er mich mit lebloser Hand gestreichelt. Aber ich weiß genau: jetzt holt die Wüste einige Sekunden lang tief Atem. Und sie wird zum zweiten Male seufzen. Ehe dann noch drei Minuten vergangen sind, wird sich der Luftsack über unserem Flugzeugschuppen blähen. Dann noch zehn Minuten, und Sand wird die Luft erfüllen. Wir werden im prasselnden Feuer aufsteigen, in den Flammen der Wüste!

Das bringt mich nicht aus der Ruhe. Aber etwas ganz anderes erfüllt mich mit wilder Freude. Ich habe die geflüsterten Worte einer Geheimsprache verstanden. Ich habe wie ein Urmensch eine Fährte gewittert, in der sich die Zukunft kaum merklich meldete. Ich habe aus dem Flügelschlag einer Libelle die Kunde vom wütenden Sturm gelesen.

4

Wir kamen dort unten auch mit den ununterworfenen Mauretaniern in Berührung. Sie tauchten aus der Tiefe der «verbotenen» Landstriche auf, die wir auf unseren Flügen überquerten. Sie wagten sich zu den Befestigungen von Juby oder Cisneros, um Zuckerhüte und Tee zu kaufen; dann verschwanden sie wieder in ihrer geheimnisvollen Welt. Wir aber versuchten, einige von ihnen zu «zähmen», wenn sie vorbeikamen.

Bekamen wir einen einflußreichen Häuptling zu fassen, luden wir ihn im Einverständnis mit der Leitung der Fluglinien in unser Flugzeug, um ihm die Welt zu zeigen. Es kam viel darauf an, diesen Leuten ihren Hochmut auszutreiben. Sie töteten ihre Gefangenen mehr aus Verachtung als aus Haß.

niers. S'ils nous croisaient aux abords des fortins, ils ne nous injuriaient même pas. Ils se détournaient de nous et crachaient. Et cet orgueil, ils le tiraient de l'illusion de leur puissance.

Combien d'entre eux m'ont répété, ayant dressé sur pied de guerre une armée de trois cents fusils: «Vous avez de la chance, en France, d'être à plus de cent jours de marche...»

Nous les promenions donc, et il se fit que trois d'entre eux visitèrent ainsi cette France inconnue. Ils étaient de la race de ceux qui, m'ayant une fois accompagné au Sénégal, pleurèrent de découvrir des arbres.

Quand je les retrouvai sous leurs tentes, ils célébraient les music-halls, où des femmes nues dansent parmi les fleurs. Voici des hommes qui n'avaient jamais vu un arbre ni une fontaine, ni une rose, qui connaissaient, par le Coran seul, l'existence de jardins où coulent des ruisseaux puisqu'il nomme ainsi le paradis. Ce paradis et ses belles captives, on le gagne par la mort amère sur le sable, d'un coup de fusil d'infidèle, après trente années de misère. Mais Dieu les trompe, puisqu'il n'exige des Français, auxquels sont accordés tous ces trésors, ni la rançon de la soif, ni celle de la mort. Et c'est pourquoi ils rêvent, maintenant, les vieux chefs. Et c'est pourquoi, considérant le Sahara qui s'étend, désert, autour de leur tente, et jusqu'à la mort leur proposera de si maigres plaisirs,
28 ils se laissent aller aux confidences.
29 – Tu sais... le Dieu des Français... Il est plus géné-

Wenn sie uns in der Nähe der Festungen begegneten, verwünschten sie uns nicht laut. Sie wandten sich vielmehr schweigend ab und spuckten aus. Dieser Stolz kam daher, daß sie sich für ungemein mächtig hielten. Mehr als einer von ihnen sagte mir in vollem Ernst, wenn er ein Heer von dreihundert Mann auf die Beine gebracht hatte: «Ihr könnt von Glück sagen, daß euer Frankreich mehr als hundert Tagereisen von hier entfernt ist.»

So flogen wir sie denn spazieren, und es fügte sich, daß drei von ihnen sogar das ihnen unbekannte Frankreich besuchten. Sie waren vom Stamme derer, die ich einmal nach Senegal geflogen hatte und die dort weinten, als sie Bäume erblickten.

Als ich nachher die drei Frankreichfahrer in ihren Zelten besuchte, priesen sie die Revuetheater, in denen nackte Frauen unter Blumen tanzten. Diese Menschen hatten ja nie einen Baum und nie eine Quelle, nie eine Rose gesehen. Nur aus dem Koran hatten sie erfahren, daß es Gärten gibt, in denen Bäche fließen. Denn so beschreibt er das Paradies. Man muß den Aufenthalt in diesem Paradies mit seinen schönen Sklavinnen teuer genug durch einen bitteren Tod auf dem Sande erkaufen, den einem die Kugel eines Ungläubigen nach dreißig Jahren eines armseligen Lebens zufügt. Aber Gott betrügt seine Gläubigen; denn er gibt den Franzosen alle diese Schätze, ohne von ihnen die Gegenleistungen zu verlangen, weder den Durst noch den Tod. Das macht die alten Häuptlinge nachdenklich. Und so vertrauten sie mir eines Tages angesichts der Sahara, die sich einsam um ihr Zelt breitet und ihnen bis an ihr Lebensende so dürftige Genüsse spendet, ihre Bedenken an:

«Weißt du, der Gott der Franzosen, der ist doch viel frei-

reux pour les Français que le Dieu des Maures pour les Maures!

Quelques semaines auparavant, on les promenait en Savoie. Leur guide les a conduits en face d'une lourde cascade, une sorte de colonne tressée, et qui grondait:

– Goûtez, leur a-t-il dit.

Et c'était de l'eau douce. L'eau! Combien faut-il de jours de marche, ici, pour atteindre le puits le plus proche et, si on le trouve, combien d'heures, pour creuser le sable dont il est rempli, jusqu'à une boue mêlée d'urine de chameau! L'eau! A Cap Juby, à Cisneros, à Port-Étienne, les petits des Maures ne quêtent pas l'argent, mais, une boîte de conserves en mains, ils quêtent l'eau:

– Donne un peu d'eau, donne...

– Si tu es sage.

L'eau qui vaut son poids d'or, l'eau dont la moindre goutte tire du sable l'étincelle verte d'un brin d'herbe. S'il a plu quelque part, un grand exode anime le Sahara. Les tribus montent vers l'herbe qui poussera trois cents kilomètres plus loin... Et cette eau, si avare, dont il n'était pas tombé une goutte à Port-Étienne depuis dix ans, grondait là-bas, comme si, d'une citerne crevée, se répandaient les provisions du monde.

– Repartons, leur disait leur guide.

30 Mais ils ne bougeaient pas:

31 – Laisse-nous encore...

gebiger für seine Franzosen als der Gott der Mauretanier für seine Mauretanier.»

Einige Wochen zuvor hatte man sie in Savoyen herumgeführt. Ihr Führer hatte sie zu einem kräftigen Wasserfall gebracht, der wie eine geflochtene Säule herabfiel und dumpf rauschte.

Er hatte sie aufgefordert zu kosten.

Und es war süßes Wasser gewesen. Wasser! Wie viele Tagemärsche brauchte man hier, um den nächsten Brunnen zu erreichen. Wie viele Stunden lang muß man dann den Sand herausschippen, der ihn überweht hat, um zu einer schlammigen Masse mit einer Beimischung von Kamelharn zu gelangen. In Cap Juby, in Cisneros, in Port-Étienne betteln die Kinder der Mauretanier nicht um Geld, sondern, mit einer Konservendose in der Hand, um Wasser:

«Gib mir ein wenig Wasser!»

«Ja, aber geh fein säuberlich damit um!»

Wasser ist sein Gewicht in Gold wert. Der kleinste Tropfen lockt aus dem Sand den grünen Funken eines Grashalms. Wenn es irgendwo geregnet hat, belebt eine wahre Völkerwanderung die Sahara. Die Stämme ziehen dreihundert Kilometer weit, um zur Stelle zu sein, wenn das Gras wächst. Dieses Wasser nun, das hier so karg ist, von dem in Port-Étienne in zehn Jahren kein Tropfen gefallen war, das kam dort dumpf rauschend geschossen, als drohten die Wasservorräte der ganzen Welt aus einer undichten Zisterne auszulaufen.

Der Führer sagte: «Gehen wir weiter!»

Sie aber rührten sich nicht von der Stelle:

«Noch einen Augenblick!»

Ils se taisaient, ils assistaient graves, muets, à ce déroulement d'un mystère solennel. Ce qui coulait ainsi, hors du ventre de la montagne, c'était la vie, c'était le sang même des hommes. Le débit d'une seconde eût ressuscité des caravanes entières qui, ivres de soif, s'étaient enfoncées, à jamais, dans l'infini des lacs de sel et des mirages. Dieu, ici, se manifestait: on ne pouvait pas lui tourner le dos. Dieu ouvrait ses écluses et montrait sa puissance: les trois Maures demeuraient immobiles.

– Que verrez-vous de plus? Venez...

– Il faut attendre.

– Attendre quoi?

– La fin.

Ils voulaient attendre l'heure où Dieu se fatiguerait de sa folie. Il se repent vite, il est avare.

– Mais cette eau coule depuis mille ans!...

Aussi, ce soir, n'insistent-ils pas sur la cascade. Il vaut mieux taire certains miracles. Il vaut même mieux n'y pas trop songer, sinon l'on ne comprend plus rien. Sinon l'on doute de Dieu...

– Le Dieu des Français, vois-tu...

Mais je les connais bien, mes amis barbares. Ils sont là, troublés dans leur foi, déconcertés, et désormais si prêts de se soumettre. Ils rêvent d'être ravitaillés en orge par l'intendance française et assurés dans leur sécu-
32 rité par nos troupes sahariennes. Et il est vrai qu'une
33 fois soumis ils auront gagné en biens matériels.

Weiter sprach keiner ein Wort. Stumm und ernst schauten sie dem Ablauf dieses erhebenden Mysteriums zu. Hier lief aus dem Bauch des Berges das Leben selbst, der heilige Lebensstoff. Der Ertrag einer Sekunde hätte ganze verschmachtende Karawanen zum Leben erweckt, die ohne ihn auf Nimmerwiedersehen in der unendlichen Weite der Salzseen und Luftspiegelungen dahingegangen waren. Hier zeigte sich Gott. Unmöglich, einfach gleich weiterzugehen. Gott hatte die Schleusen seiner Macht geöffnet. Regungslos standen die drei vor dem Wunder.

«Weiter ist nichts zu sehen. Kommt!» drängte der Führer.

«Wir müssen warten!»

«Worauf denn?»

«Bis es aufhört.»

Sie wollten die Stunde erwarten, in der Gott seine Verschwendung leid tat! Denn Gott ist geizig, er bereut schnell.

«Aber dieses Wasser läuft seit tausend Jahren!»

Auch an diesem Abend sprach niemand über den Wasserfall. Es gibt Wunder, von denen man besser schweigt. Man tut sogar besser daran, nicht zuviel an sie zu denken. Man versteht sonst die Welt nicht mehr und könnte an Gott zweifeln:

«Weißt du, der Gott der Franzosen...»

Ich durchschaue sie aber, meine wilden Freunde. Sie sind in ihrem Glauben erschüttert, haben ihren Halt verloren und sind bereit, sich zu unterwerfen. Sie träumen von der Gerste, mit der die französische Verwaltung sie versorgt, und von der Sicherheit, die ihnen die französischen Saharatruppen bieten. Sie würden durch die Unterwerfung auch materiell viel gewinnen.

Mais ils sont tous trois du sang d'El Mammoun, émir des Trarza. (Je crois faire erreur sur son nom.)

J'ai connu celui-là quand il était notre vassal. Admis aux honneurs officiels pour les services rendus, enrichi par les gouverneurs et respecté par les tribus, il ne lui manquait rien, semble-t-il, des richesses visibles. Mais une nuit, sans qu'un signe l'ait fait prévoir, il massacra les officiers qu'il accompagnait dans le désert, s'empara des chameaux, des fusils, et rejoignit les tribus insoumises.

On nomme trahisons ces révoltes soudaines, ces fuites, à la fois héroïques et désespérées, d'un chef désormais proscrit dans le désert, cette courte gloire qui s'éteindra bientôt, comme une fusée, sur le barrage du peloton mobile d'Atar. Et l'on s'étonne de ces coups de folie.

Et cependant l'histoire d'El Mammoun fut celle de beaucoup d'autres Arabes. Il vieillissait. Lorsqu'on vieillit, on médite. Ainsi découvrit-il un soir qu'il avait trahi le Dieu de l'Islam et qu'il avait sali sa main en scellant, dans la main des chrétiens, un échange où il perdait tout.

Et en effet, qu'importaient pour lui l'orge et la paix? Guerrier déchu et devenu pasteur, voilà qu'il se souvient d'avoir habité un Sahara où chaque pli du sable était riche des menaces qu'il dissimulait, où le campement, avancé dans la nuit, détachait à sa pointe des
34 veilleurs, où les nouvelles, qui racontaient les mouve-
35 ments des ennemis, faisaient battre les cœurs autour

Aber sie sind alle drei vom Blute des El Mammun, des Emirs der Trarsen. (Vielleicht nenne ich seinen Namen nicht richtig.)

Ich habe ihn gekannt, als er sich der französichen Herrschaft fügte. Für seine Dienste war er zu öffentlichen Ehren gekommen, die Verwaltung mehrte seinen Besitz, alle Stämme achteten ihn. Nichts an sichtbarem Reichtum schien ihm zu fehlen. Aber eines Nachts, ohne daß das leiseste Vorzeichen eine solche Tat ahnen ließ, ermordete er die Offiziere, die er auf einem Ritt durch die Wüste begleitete, nahm die Kamele und die Gewehre und flüchtete zu den ununterworfenen Stämmen.

Man verwendet gerne das Wort Verrat für solche plötzlichen Empörungen, für diese zugleich heldischen und verzweifelten Fluchtversuche, eines Häuptlings, der damit als Vogelfreier in die Wüste verbannt ist, wo sein kurzer Ruhm nur zu bald wie eine Rakete unter dem Feuer der fliegenden Schwadron von Atar verlöschen wird. Und man wundert sich über solche wahnsinnigen Streiche.

Und doch ist die Geschichte El Mammuns so vielen anderen Muslims widerfahren. Sie werden alt, und wer altert, beginnt zu grübeln. Da entdeckten sie eines Abends, daß sie den Gott Mohammeds verraten und ihre Hand befleckt haben, als sie in die Hand der Christen einen Handel gelobten, bei dem sie alles verloren.

Was nützen nun Gerste und Frieden? Der alte Krieger, der zum Hirten geworden ist, erinnert sich, daß er einst eine Wüste bewohnte, in der jeder Dünenrücken reich war an Gefahren, die sich hinter ihm verbargen, wo man Wachtposten an den äußersten Enden des Lagers aufstellen mußte, wo die Nachrichten von den Bewegungen der Feinde die Herzen um

des feux nocturnes. Il se souvient d'un goût de pleine mer qui, s'il a été une fois savouré par l'homme, n'est jamais oublié.

Voici qu'aujourd'hui il erre sans gloire dans une étendue pacifiée vidée de tout prestige. Aujourd'hui seulement le Sahara est un désert.

Les officiers qu'il assassinera, peut-être les vénérait-il. Mais l'amour d'Allah passe d'abord.

– Bonne nuit, El Mammoun.

– Que Dieu te protège!

Les officiers se roulent dans leurs couvertures, allongés sur le sable, comme sur un radeau, face aux astres. Voici toutes les étoiles qui tournent lentement, un ciel entier qui marque l'heure. Voici la lune qui penche vers les sables, ramenée au néant, par Sa Sagesse. Les chrétiens bientôt vont s'endormir. Encore quelques minutes et les étoiles seules luiront. Alors, pour que les tribus abâtardies soient rétablies dans leur splendeur passée, alors pour que reprennent ces poursuites, qui seules font rayonner les sables, il suffira du faible cri de ces chrétiens que l'on noiera dans leur propre sommeil... Encore quelques secondes et, de l'irréparable, naîtra un monde...

Et l'on massacre les beaux lieutenants endormis.

5

A Juby, aujourd'hui, Kemal et son frère Mouyane m'ont invité, et je bois le thé sous leur tente. Mouyane me regarde en silence, et conserve, le voile bleu tiré

die nächtlichen Lagerfeuer höher schlagen ließen. Es kommt über ihn wie der Geruch der See, den niemand vergessen kann, der ihn einmal genossen hat.

Heute dagegen irrt er ruhmlos über eine friedliche Fläche, der jede höhere Weihe fehlt. Die Sahara ist für ihn nun erst zur Wüste geworden.

Vielleicht verehrte er die Offiziere herzlich, die er umbrachte. Aber die Liebe zu Allah geht allem voran.

«Gute Nacht, El Mammun!»

«Gott schütze euch!»

Die Offiziere rollen sich in ihre Decken ein und strecken sich lang auf dem Sand aus wie auf einem Floß. Alle Sterne ziehen über ihnen ihren langsamen Weg an der großen Himmelsuhr. Der Mond neigt sich dem Sand zu und versinkt durch Gottes Weisheit ins Nichts. Bald werden die Christen schlafen. Nur noch wenige Minuten, und nur noch die Sterne leuchten. Dann ist es so weit. Damit die verweichlichten Stämme wieder in ihrem kriegerischen Glanze auferstehen, damit die wilden Jagden neu beginnen, die allein dem Sand Leben verleihen, bedarf es nur der schwachen Schreie dieser Christen, die man in ihrem eigenen Schlaf ertränkt. Noch ein paar Sekunden, und aus dem Unwiederbringlichen ist eine Welt neu geboren.

Und die schmucken Leutnants werden im Schlaf umgebracht!

5

Heute bin ich Gast bei Kemal und seinem Bruder Mujan in Cap Juby und trinke meinen Tee unter ihrem Zelt. Mujan sieht mich schweigend an und verharrt in grimmiger Zurück-

sur les lèvres, une réserve sauvage. Kemal seul me parle et fait les honneurs:

– Ma tente, mes chameaux, mes femmes, mes esclaves sont à toi.

Mouyane, toujours sans me quitter des yeux, se penche vers son frère, prononce quelques mots, puis il rentre dans son silence.

– Que dit-il?

– Il dit: «Bonnafous a volé mille chameaux aux R'Gueïbat.»

Ce capitaine Bonnafous, officier méhariste des pelotons d'Atar, je ne le connais pas. Mais je connais sa grande légende, à travers les Maures. Ils parlent de lui avec colère, mais comme d'une sorte de Dieu. Sa présence donne son prix au sable. Il vient de surgir aujourd'hui encore, on ne sait comment, à l'arrière des rezzous qui marchaient vers le Sud, volant leurs chameaux par centaines, les obligeant, pour sauver leurs trésors qu'ils croyaient en sécurité, à se rabattre contre lui. Et maintenant, ayant sauvé Atar par cette apparition d'archange, ayant assis son campement sur une haute table calcaire, il demeure là tout droit, comme un gage à saisir, et son rayonnement est tel qu'il oblige les tribus à se mettre en marche vers son glaive.

Mouyane me regarde plus durement et parle encore.

– Que dit-il?

 – Il dit: «Nous partirons demain en rezzou contre
 Bonnafous. Trois cents fusils.»

haltung, den blauen Schleier vor die Lippen gezogen. Kemal allein besorgt die Unterhaltung und bezeigt mir Höflichkeiten:

«Mein Zelt, meine Kamele, meine Frauen, meine Sklaven, alles gehört dir.»

Mujan neigt sich zu seinem Bruder, ohne darum die Augen von mir abzuwenden, und spricht einige Worte, um gleich wieder in sein Schweigen zurückzusinken.

«Was sagt er?»

«Er sagt: ‹Bonnafous hat den R'Geibat tausend Kamele gestohlen.›»

Diesen Hauptmann Bonnafous von der fliegenden Kamelreitergruppe von Atar habe ich niemals kennengelernt. Aber durch die Mauretanier kenne ich seine sagenhafte Berühmtheit. Sie sprachen von ihm mit Ingrimm, aber doch wie von einem Gott. Er gibt dem Sand der Wüste eine höhere Weihe. Man weiß nie, ob er nicht am gleichen Tage schon auf unbegreifliche Weise plötzlich hinter den Kriegsscharen, die gegen Süden ziehen, auftaucht und ihnen ihre Kamele zu Hunderten wegtreibt. Das zwingt die Angreifer dann, sich gegen ihn zu wenden, um ihre Schätze, die sie unbedroht geglaubt hatten, zu retten. Er aber, der wie ein Erzengel durch dieses plötzliche Erscheinen Atar gerettet hat, lagert auf einer hohen Kalktafel und steht dort still und fest, daß man meint, ihn greifen zu können. Seine Strahlungsgewalt ist so groß, daß er alle Stämme zwingt, sich seinem Flammenschwert zu stellen.

Mujan sieht mich noch finsterer an und spricht wieder.

«Was sagt er?»

«Er sagt: ‹Wir ziehen morgen auf den Rachezug gegen Bonnafous. Dreihundert Gewehre.›»

J'avais bien deviné quelque chose. Ces chameaux que l'on mène au puits depuis trois jours, ces palabres, cette ferveur. Il semble que l'on grée un voilier invisible. Et le vent du large, qui l'emportera, déjà circule. A cause de Bonnafous chaque pas vers le Sud devient un pas riche de gloire. Et je ne sais plus départager ce que de tels départs contiennent de haine ou d'amour.

Il est somptueux de posséder au monde un si bel ennemi à assassiner. Là où il surgit, les tribus proches plient leurs tentes, rassemblent leurs chameaux et fuient, tremblant de le rencontrer face à face, mais les tribus les plus lointaines sont prises du même vertige que dans l'amour. On s'arrache à la paix des tentes, aux étreintes des femmes, au sommeil heureux, on découvre que rien au monde ne vaudrait, après deux mois de marche épuisante vers le Sud, de soif brûlante, d'attentes accroupies sous les vents de sable, de tomber, par surprise, à l'aube, sur le peloton mobile d'Atar, et là, si Dieu permet, d'assassiner le capitaine Bonnafous.

– Bonnafous est fort, m'avoue Kemal.

Je sais maintenant leur secret. Comme ces hommes qui désirent une femme, rêvent à son pas indifférent de promenade, et se tournent et se retournent toute la nuit, blessés, brûlés par la promenade indifférente qu'elle poursuit dans leur songe, le pas lointain de
40 Bonnafous les tourmente. Tournant les rezzous lancés
41 contre lui, ce chrétien habillé en Maure, à la tête de ses

Ich hatte etwas Derartiges geahnt. Seit drei Tagen wurden die Kamele zur Tränke getrieben, alles hatte laut gesprochen, alles war begeistert. Es wirkte, als sollte ein unsichtbares Segelschiff fahrtbereit gemacht werden, da der Landwind, der es auf die hohe See treiben konnte, schon zu wehen beginnt. Bonnafous macht jeden Schritt nach Süden noch ruhmreicher und herrlicher. Ich kann schon nicht mehr unterscheiden, was in dieser Fehde Haß ist und was Liebe.

Es ist doch wundervoll, einen so trefflichen Todfeind auf der Welt zu haben. Wo er erscheint, brechen die benachbarten Stämme ihre Zelte ab, treiben ihre Kamele zusammen und fliehen, voll Angst, ihm plötzlich von Angesicht zu Angesicht gegenüberzustehen. Die entfernteren Stämme aber ergreift es mit einer Gewalt wie Liebeswahn. Sie verlassen die friedlichen Zelte, die zärtlichen Frauen, den ungestörten Schlaf. Sie wissen nur eines: was kein Schatz der Welt aufwiegt, wäre, wenn man nach zwei Monaten aufreibenden Marsches nach Süden, nach brennendem Durst, nach Stunden peinigenden Kauerns im Sandsturm unverhofft im Morgengrauen über die fliegende Schwadron von Atar herfallen und mit Gottes Willen den Hauptmann Bonnafous töten könnte.

«Bonnafous ist stark», gesteht Kemal zu.

Ich weiß ihr Geheimnis. Wie Männer den gleichmütigen Schritt der begehrten Frau nicht vergessen können und sich nächtelang ruhelos herumwälzen, weil dieser leichte Spazierschritt sie in den Traum hinein quält, so verfolgt die Mauretanier Bonnafous' ferner Schritt. Dieser Christ im Burnus mit seinen zweihundert maurischen Söldner-Räubern umgeht die Kriegsscharen, die gegen ihn ziehen, er dringt ins Aufstands-

deux cents pirates maures, a pénétré en dissidence, là où le dernier de ses propres hommes, affranchi des contraintes françaises, pourrait se réveiller de son servage, impunément, et le sacrifier à son Dieu sur les tables de pierre, là où son seul prestige les retient, où sa faiblesse même les effraie. Et cette nuit, au milieu de leurs sommeils rauques, il passe et passe indifférent, et son pas sonne jusque dans le cœur du désert.

Mouyane médite, toujours immobile dans le fond de la tente, comme un bas-relief de granit bleu. Ses yeux seuls brillent, et son poignard d'argent qui n'est plus un jouet. Qu'il a changé depuis qu'il a rallié le rezzou! Il sent, comme jamais, sa propre noblesse, et m'écrase de son mépris; car il va monter vers Bonnafous, car il se mettra en marche, à l'aube, poussé par une haine qui a tous les signes de l'amour.

Une fois encore il se penche vers son frère, parle tout bas, et me regarde.

– Que dit-il?

– Il dit qu'il tirera sur toi s'il te rencontre loin du fort.

– Pourquoi?

– Il dit: «Tu as des avions et la T. S. F., tu as Bonnafous, mais tu n'as pas la vérité.»

Mouyane immobile dans ses voiles bleus, aux plis de statue, me juge:

– Il dit: «Tu manges de la salade comme les chèvres, et du porc comme les porcs. Tes femmes sans pudeur montrent leur visage: il en a vu.» Il dit: «Tu ne pries

gebiet, wo der letzte seiner Leute, fern der französischen Botmäßigkeit, aus seiner Knechtschaft erwachen könnte, um ihn ungestraft auf diesen riesenhaften steinernen Altären seinem Gott darzubringen; nur sein Ansehen hält sie im Zaum, und selbst seine Schwäche ist ihnen ein Schrecknis.

In der Nacht, inmitten ihres rauhen Schlafes, schreitet er auf und ab. Und sein Schritt klingt bis ins Herz der Wüste.

Mujan träumt vor sich hin. Er sitzt noch immer unbeweglich im Hintergrund des Zeltes, wie ein Bildwerk aus blauem Granit. Seine Augen glänzen, und sein silberner Dolch ist kein Spielzeug mehr. Er ist wie verwandelt, seit er sich dem Kriegszug angeschlossen hat. Er fühlt sich adliger denn je und vernichtet mich mit seiner Verachtung. Bald wird er ja gegen Bonnafous ziehen, wird aufbrechen, noch ehe der Tag graut, getrieben von einem Haß mit allen Anzeichen der Liebe.

Nochmals neigt er sich zu seinem Bruder, spricht leise und sieht dabei wieder zu mir hin.

«Was sagt er?»

«Er sagt, daß er auf dich schießt, wenn er dich weit von der Festung trifft.»

«Warum denn nur?»

«Er sagt: ‹Du hast Flugzeuge und Funkgeräte, du hast Bonnafous; aber du hast nicht die Wahrheit.›»

So beurteilt mich Mujan, der dort unter dem blauen Schleier unbeweglich wie ein Standbild sitzt.

«Er sagt: Du ißt Salat wie die Ziegen und Schweinefleisch wie die Schweine. Deine Frauen zeigen schamlos ihr Gesicht. Er hat es selbst gesehen. Er sagt: Du betest nie. Er sagt: Was

jamais.» Il dit: «A quoi te servent tes avions, ta T. S. F., ton Bonnafous, si tu n'as pas la vérité?»

Et j'admire ce Maure qui ne défend pas sa liberté, car dans le désert on est toujours libre, qui ne défend pas de trésors visibles, car le désert est nu, mais qui défend un royaume secret. Dans le silence des vagues de sable, Bonnafous mène son peloton comme un vieux corsaire, et grâce à lui ce campement de Cap Juby n'est plus un foyer de pasteurs oisifs. La tempête de Bonnafous pèse contre son flanc, et à cause de lui on serre les tentes, le soir. Le silence, dans le Sud, qu'il est poignant: c'est le silence de Bonnafous! Et Mouyane, vieux chasseur, l'écoute qui marche dans le vent.

Lorsque Bonnafous rentrera en France, ses ennemis, loin de s'en réjouir, le pleureront, comme si son départ enlevait à leur désert un de ses pôles, à leur existence un peu de prestige, et ils me diront:

– Pourquoi s'en va-t-il, ton Bonnafous?

– Je ne sais pas ...

Il a joué sa vie contre la leur, et pendant des années. Il a fait ses règles de leurs règles. Il a dormi, la tête appuyée à leurs pierres. Pendant l'éternelle poursuite il a connu comme eux des nuits de Bible, faites d'étoiles et de vent. Et voici qu'il montre, en s'en allant, qu'il ne jouait pas un jeu essentiel. Il quitte la table avec désinvolture. Et les Maures, qu'il laisse jouer seuls, perdent confiance dans un sens de la vie qui n'engage plus les hommes jusqu'à la chair. Ils veulent croire en lui quand même:

nützen dir deine Flugzeuge, dein Funkgerät, dein Bonnafous, wenn du die Wahrheit nicht besitzt?»

Ich muß diesen Mann bewundern: seine Freiheit verteidigt er nicht; denn in der Wüste ist jedermann frei. Er verteidigt auch nicht sichtbare Schätze; denn die Wüste ist kahl. Aber er verteidigt ein heimliches Reich. In der Stille der Dünenwogen führt Bonnafous seine Schwadron wie ein alter Seeräuber. Ihm ist es zu danken, daß die Gegend um Cap Juby nicht mehr ein Lager müßiger Hirten ist. Der Sturmwind Bonnafous drückt seitlich herein. Seinetwegen muß man nachts die Zelte eng zusammenstellen. Das Schweigen im Süden, dieses packende Schweigen – es ist das Schweigen von Bonnafous! Und Mujan, der alte Jäger, hört ihn gehen, draußen im Winde.

Wenn Bonnafous nach Frankreich heimkehrt, werden seine Feinde, weit davon entfernt zu frohlocken, ehrlich betrübt sein. Als ob sein Weggang der Wüste einen ihrer Pole und ihrem Leben ein wenig von seinem Glanz nähme. Und sie werden fragen:

«Warum geht denn dein Bonnafous weg?»

«Ich weiß es nicht.»

Er hatte doch sein Leben gegen ihres ausgespielt, jahrelang. Er hatte ihre Spielregeln zu den seinen gemacht. An ihre Felsen lehnte er das Haupt im Schlaf, wie sie erlebte er während der unaufhörlichen Jagd die biblischen Nächte unter Sternen und Wind. Und nun plötzlich zeigt er durch sein Weggehen, daß es ihm mit dem Spiel nicht Ernst gewesen war. Mit lässiger Haltung verläßt er den Spieltisch. Die Mauretanier aber, die er allein weiterspielen läßt, verlieren ihr Vertrauen in eine Lebensauffassung, die offenbar die Menschen doch nicht bis ins Mark fesselt. Sie möchten trotzdem gerne an ihn glauben.

– Ton Bonnafous, il reviendra.

– Je ne sais pas.

Il reviendra, pensent les Maures. Les jeux d'Europe ne pourront plus le contenter, ni les bridges de garnison, ni l'avancement, ni les femmes. Il reviendra, hanté par sa noblesse perdue, là où chaque pas fait battre le cœur, comme un pas vers l'amour. Il aura cru ne vivre ici qu'une aventure, et retrouver là-bas l'essentiel, mais il découvrira avec dégoût que les seules richesses véritables il les a possédées ici, dans le désert: ce prestige du sable, la nuit, ce silence, cette patrie de vent et d'étoiles.

Et si Bonnafous revient un jour, la nouvelle, dès la première nuit, se répandra en dissidence. Quelque part dans le Sahara, au milieu de ses deux cents pirates, les Maures sauront qu'il dort. Alors on mènera au puits, dans le silence, les méhara. On préparera les provisions d'orge. On vérifiera les culasses. Poussés par cette haine, ou cet amour.

6

– Cache-moi dans un avion pour Marrakech …

Chaque soir, à Juby, cet esclave des Maures m'adressait sa courte prière. Après quoi, ayant fait son possible pour vivre, il s'asseyait les jambes en croix et préparait mon thé. Désormais paisible pour un jour,
46 s'étant confié, croyait-il, au seul médecin qui pût le
47 guérir, ayant sollicité le seul dieu qui pût le sauver.

«Er kommt doch wieder, dein Bonnafous?»

«Ich weiß es nicht.»

Er kommt wieder, denken sie; die Spiele in Europa können ihn nicht mehr befriedigen, weder das Bridge in der Garnison noch die Beförderungen noch die Frauen. Er kommt, weil ihn der Verlust der Größe plagt, wieder hierher, wo jeder Schritt das Herz höher schlagen läßt wie ein Schritt auf die Liebe zu. Er hat gewiß gemeint, hier nur ein Abenteuer erleben zu können und dort drüben das Entscheidende zu finden. Aber er wird mit Abscheu merken, daß er die wahren Reichtümer hier in der Wüste besessen hat: den ruhmreichen Sand, die Nacht, die Stille, die Heimat von Wind und Sternen. Wenn dann Bonnafous eines Tages wiederkommt, dann wird sich die Nachricht noch in der ersten Nacht im Aufstandsgebiet herumsprechen. Dann werden alle wissen, daß er irgendwo in der Sahara inmitten seiner zweihundert Männer schläft. In aller Stille wird man die Kamele zur Tränke führen. Man wird die Gerstenvorräte nachsehen und die Schlösser an den Gewehren prüfen. Getrieben vom Haß – oder von der Liebe?

6

«Versteck mich doch im Flugzeug nach Marrakesch!»

So bat mich in Cap Juby jeden Abend ein Mauretaniersklave mit derselben kurzen Bitte. Damit hatte er getan, was ihm lebensnotwendig war, und nun setzte er sich mit gekreuzten Beinen hin, mir meinen Tee zu kochen. Für einen vollen Tag war er jetzt befriedigt, denn er hatte sich, so meinte er, dem einzigen Arzt anvertraut, der ihn heilen konnte, und den

Ruminant désormais, penché sur la bouilloire, les images simples de sa vie, les terres noires de Marrakech, ses maisons roses, les biens élémentaires dont il était dépossédé. Il ne m'en voulait pas de mon silence, ni de mon retard à donner la vie: je n'étais pas un homme semblable à lui, mais une force à mettre en marche, mais quelque chose comme un vent favorable, et qui se lèverait un jour sur sa destinée.

Pourtant, simple pilote, chef d'aéroport pour quelques mois à Cap Juby, disposant pour toute fortune d'une baraque adossée au fort espagnol, et, dans cette baraque, d'une cuvette, d'un broc d'eau salée, d'un lit trop court, je me faisais moins d'illusions sur ma puissance:

– Vieux Bark, on verra ça...

Tous les esclaves s'appellent Bark; il s'appelait donc Bark. Malgré quatre années de captivité, il ne s'était pas résigné encore: il se souvenait d'avoir été roi.

– Que faisais-tu, Bark, à Marrakech?

A Marrakech, où sa femme et ses trois enfants vivaient sans doute encore, il avait exercé un métier magnifique:

– J'étais conducteur de troupeaux, et je m'appelais Mohammed!

Les caïds, là-bas, le convoquaient:

– J'ai des bœufs à vendre, Mohammed. Va les chercher dans la montagne.
48

49 Ou bien:

einzigen Gott angerufen, der ihn zu retten vermochte. Nun saß er da, über den Teekessel gebeugt, und sann den einfachen Bildern seines früheren Lebens nach, dem schwarzen Fruchtboden von Marrakesch, den rosigen Häusern, der einfachen Habe, die man ihm genommen hatte. Er war mir nicht böse, daß ich nicht antwortete und zögerte, ihm das Leben wiederzuschenken. Ich war ja nicht ein Mensch wie er. Ich war eine Naturkraft, die in Bewegung kommen würde, so etwa wie eines Tages schicksalhaft guter Segelwind wehen mußte, auch für ihn.

Ich freilich, ein einfacher Verkehrsflieger und nun für einige Monate Vorstand des Flugplatzes in Cap Juby, dessen ganzes Hab und Gut eine Baracke bei der spanischen Festung und in dieser Baracke eine Waschschüssel, eine Kanne salziges Wasser sowie ein zu kurzes Bett waren, bildete mir weniger auf meine Macht ein:

«Wir wollen zusehen, alter Bark.»

Alle Sklaven heißen Bark, also hieß er auch so. Aber trotz vierjähriger Gefangenschaft hatte er sich noch nicht in sein Schicksal gefunden. Er wußte noch zu gut, daß er einst König gewesen war.

«Was tatest du denn in Marrakesch, Bark?»

In Marrakesch, wo seine Frau und seine drei Kinder sicher noch lebten, hatte er einen wundervollen Beruf ausgeübt.

«Ich war Viehtreiber und hieß Mohammed!»

Die Stammeshäupter der Gegend pflegten ihn zu sich zu rufen:

«Mohammed, ich will Rinder verkaufen. Hole sie mir vom Berg!»

Oder:

– J'ai mille moutons dans la plaine, conduis-les plus haut vers les pâturages.

Et Bark, armé d'un sceptre d'olivier, gouvernait leur exode. Seul responsable d'un peuple de brebis, ralentissant les plus agiles à cause des agneaux à naître, et secouant un peu les paresseuses, il marchait dans la confiance et l'obéissance de tous. Seul à connaître vers quelles terres promises ils montaient, seul à lire sa route dans les astres, lourd d'une science qui n'est point partagée aux brebis, il décidait seul, dans sa sagesse, l'heure du repos, l'heure des fontaines. Et debout, la nuit, dans leur sommeil, pris de tendresse pour tant de faiblesse ignorante, et baigné de laine jusqu'aux genoux, Bark, médecin, prophète et roi, priait pour son peuple.

Un jour, des Arabes l'avaient abordé:

– Viens avec nous chercher des bêtes dans le Sud.

On l'avait fait marcher longtemps, et quand, après trois jours, il fut bien engagé dans un chemin creux de montagne, aux confins de la dissidence, on lui mit simplement la main sur l'épaule, on le baptisa Bark et on le vendit.

Je connaissais d'autres esclaves. J'allais chaque jour, sous les tentes, prendre le thé. Allongé là, pieds nus, sur le tapis de haute laine qui est le luxe du nomade, et sur lequel il fonde pour quelques heures sa demeure, je goûtais le voyage du jour. Dans le désert, on sent l'écoulement du temps. Sous la brûlure du soleil, on est en marche vers le soir, vers ce vent frais qui baigne-

«Ich habe tausend Schafe in der Ebene, treibe sie höher hinauf auf die Weiden!»

Und Bark leitete mit seinem Herrscherstab aus Ölbaumholz ihre Wanderung. Er allein war für das ganze Volk der Schafe verantwortlich; er hielt die schnellsten zurück, weil hinten Lämmchen geboren wurden, und trieb die faulsten an. Und alle folgten ihm vertrauensvoll und gehorsam, wie er so seines Weges zog. Er allein wußte ja, wo das gelobte Land für diese Herde lag, er allein verstand den Weg in den Sternen zu lesen, versehen mit einer Wissenschaft, die den Schafen nun einmal versagt ist. Er entschied über Ort und Zeit der Rast, der Tränke aus seiner hohen Weisheit. Nachts betete er dann für sein Volk, bis an die Knie in Schafwolle stehend, gerührt von soviel Hilflosigkeit. Er war Arzt, Prophet und Beherrscher der schlafenden Schar.

Eines Tages hatten sich einige Araber an ihn gewandt:

«Komm mit uns nach dem Süden auf einen Viehtrieb!»

Sie hatten ihn lange Zeit mit sich ziehen lassen. Und dann nach drei Tagen, legten sie ihm in einem Hohlweg tief im Gebirge, unweit des Aufstandsgebietes, einfach die Hand auf die Schulter, tauften ihn Bark und verkauften ihn.

Ich kannte andere Sklaven. Denn zum Tee trat ich täglich unter die Zelte. Dort genoß ich bloßfüßig und lang ausgestreckt auf dem dicken Wollteppich, der den Luxus und für einige Stunden die Bleibe der Wandervölker bildet, das Fortschreiten des Tages. In der Wüste fühlt man die Zeit verstreichen. Solange die Sonne brennt, ist man auf der Wanderschaft gegen Abend zu, dessen kühler Wind die Glieder badet und

ra les membres et lavera toute sueur. Sous la brûlure du soleil, bêtes et hommes, aussi sûrement que vers la mort, avancent vers ce grand abreuvoir. Ainsi l'oisiveté n'est jamais vaine. Et toute journée paraît belle comme ces routes qui vont à la mer.

Je les connaissais, ces esclaves. Ils entrent sous la tente quand le chef a tiré de la caisse aux trésors le réchaud, la bouilloire et les verres, de cette caisse lourde d'objets absurdes, de cadenas sans clefs, de vases de fleurs sans fleurs, de glaces à trois sous, de vieilles armes, et qui, échoués ainsi en plein sable, font songer à l'écume d'un naufrage.

Alors l'esclave, muet, charge le réchaud de brindilles sèches, souffle sur la braise, remplit la bouilloire, fait jouer pour des efforts de petite fille, des muscles qui déracineraient un cèdre. Il est paisible. Il est pris par le jeu: faire le thé, soigner les méhara, manger. Sous la brûlure du jour, marcher vers la nuit, et sous la glace des étoiles nues souhaiter la brûlure du jour. Heureux les pays du Nord auxquels les saisons composent, l'été, une légende de neige, l'hiver, une légende de soleil, tristes tropiques où dans l'étuve rien ne change beaucoup, mais heureux aussi ce Sahara où le jour et la nuit balancent si simplement les hommes d'une espérance à l'autre.

Parfois l'esclave noir, s'accroupissant devant la porte, goûte le vent du soir. Dans ce corps pesant de captif, les souvenirs ne remontent plus. A peine se souvient-il de l'heure du rapt, de ces coups, de ces

allen Schweiß abwäscht. Diese große Tränke der Abendkühle rückt für Mensch und Tier unter der brennenden Sonne so sicher heran wie der Tod. Darum ist in diesen Gegenden Müßiggang niemals Zeitvergeudung. Der ganze Tag erscheint schön, gleich Straßen, die zum Meere führen.

Ich kannte die Sklaven. Sie treten ins Zelt, wenn der Herr den Kocher, den Teekessel und die Gläser aus der schweren Schatzkiste herausgegeben hat, wo sie neben so vielen sonderbaren Dingen liegen, neben Vorhängeschlössern ohne Schlüssel, Blumenvasen ohne Blumen, alten Waffen, Groschenspiegeln und anderem Gerümpel, das an einen Schiffbruch erinnert, wenn man es auf dem Sande ausbreitet.

Dann füllt der Sklave schweigend den Kacher mit trockenen Reisern, haucht auf die Glut, füllt den Kessel und läßt für diese Kinderarbeit Muskeln spielen, die eine Zeder entwurzeln könnten. Er ist friedfertig; ihm gefällt der Betrieb: Tee kochen, Reittiere pflegen und essen. Am heißen Tag geht man auf die Nacht zu; unter den kalten Sternen aber freut man sich auf den sengenden Tag. Glücklich sind die nördlichen Länder, denen die Jahreszeiten einen Traum von Schnee für den Sommer und ein Märchen der Sonne für den Winter schenken, während in den bedauernswerten Tropen die Schwitzkammern ständig geheizt sind. Glücklich ist aber auch die Sahara, wo Tag und Nacht den Menschen so einfach von einer Hoffnung zur andern schaukeln.

Manchmal hockt der schwarze Sklave vor der Türe und genießt den Abendwind. Aber in dem schweren Körper steigen keine Erinnerungen mehr auf. Kaum vermag er sich der Stunde der Gefangennahme zu erinnern, der Schläge, der Schreie,

cris, de ces bras d'homme qui l'ont renversé dans sa nuit présente. Il s'enfonce, depuis cette heure-là, dans un étrange sommeil, privé comme un aveugle de ses fleuves lents du Sénégal ou de ses villes blanches du Sud-Marocain, privé comme un sourd des voix familières. Il n'est pas malheureux, ce noir, il est infirme. Tombé un jour dans le cycle de la vie des nomades, lié à leurs migrations, attaché pour la vie aux orbes qu'ils décrivent dans le désert, que conserverait-il de commun, désormais, avec un passé, avec un foyer, avec une femme et des enfants qui sont, pour lui, aussi morts que des morts?

Des hommes qui ont vécu longtemps d'un grand amour, puis en furent privés, se lassent parfois de leur noblesse solitaire. Ils se rapprochent humblement de la vie, et, d'un amour médiocre, font leur bonheur. Ils ont trouvé doux d'abdiquer, de se faire serviles, et d'entrer dans la paix des choses. L'esclave fait son orgueil de la braise du maître.

– Tiens, prends, dit parfois le chef au captif.

C'est l'heure où le maître est bon pour l'esclave à cause de cette rémission de toutes les fatigues, de toutes les brûlures, à cause de cette entrée, côte à côte, dans la fraîcheur. Et il lui accorde un verre de thé. Et le captif, alourdi de reconnaissance, baiserait, pour ce verre de thé, les genoux du maître. L'esclave n'est jamais chargé de chaînes. Qu'il en a peu besoin! Qu'il
54 est fidèle! Qu'il renie sagement en lui le roi noir
55 dépossédé: il n'est plus qu'un captif heureux.

der Männerarme, die ihn in seine umnachtete Gegenwart gestürzt haben. Seit jener Stunde dämmert er vor sich hin. Man hat ihm die breitfließenden Ströme des Senegal oder die weißen Städte Südmarokkos genommen; es ist, als wäre er erblindet. Die vertrauten Stimmen sind ihm verstummt; es ist, als wäre er plötzlich taub geworden. Er ist nicht unglücklich, er ist krank. Was bleibt ihm von seiner Vergangenheit? Er ist eines Tages in die Kreise des Nomadenlebens gezogen worden, er ist gebunden an diese Wanderungen, und für sein Leben folgt er den Schnörkeln, die der Stamm durch die Wüste zieht. Kein Wunder, wenn sein Einst, sein Heim, seine Frau und seine Kinder für ihn tot sind, als wären sie wirklich gestorben.

Menschen, die lange Jahre einer großen Liebe gelebt und diese plötzlich verloren haben, bekommen manchmal die einsame Erhabenheit satt. Sie kehren reumütig zum Leben zurück und finden in einer Durchschnittsliebe ihr Glück. Der Sklave befriedigt seinen Ehrgeiz damit, daß er die Glut seines Herrn schürt. Er hat es für besser gefunden, zu verzichten, sich zu demütigen und seinen Frieden mit der Welt zu schließen.

Manchmal sagt der Herr zum Knecht: «Da nimm!»

Das geschieht um die Stunde, in der mancher Besitzer zum Sklaven gut ist, weil man sich von allen Mühen und von aller Verwundung durch die Hitze entspannt, weil einer wie der andere in die Kühle eintaucht. Und er gönnt ihm ein Glas Tee. Und der Gefangene möchte für ein Glas Tee voll tiefer Dankbarkeit die Knie des Herrn küssen. Der Sklave trägt keine Ketten. Er braucht sie nicht. Er ist treu. Er verleugnet fügsam den entthronten König in sich und ist nur noch glücklicher Leibeigener.

Un jour, pourtant, on le délivrera. Quand il sera trop vieux pour valoir ou sa nourriture ou ses vêtements, on lui accordera une liberté démesurée. Pendant trois jours, il se proposera en vain de tente en tente, chaque jour plus faible, et vers la fin du troisième jour, toujours sagement, il se couchera sur le sable. J'en ai vu ainsi à Juby, mourir nus. Les Maures coudoyaient leur longue agonie, mais sans cruauté, et les petits des Maures jouaient près de l'épave sombre, et, à chaque aube, couraient voir par jeu si elle remuait encore, mais sans rire du vieux serviteur. Cela était dans l'ordre naturel. C'était comme si on lui eût dit: «Tu as bien travaillé, tu as droit au sommeil, va dormir.» Lui, toujours allongé, éprouvait la faim qui n'est qu'un vertige, mais non l'injustice qui seule tourmente. Il se mêlait peu à peu à la terre. Séché par le soleil et reçu par la terre. Trente années de travail, puis ce droit au sommeil et à la terre.

Le premier que je rencontrai, je ne l'entendis pas gémir: mais il n'avait pas contre qui gémir. Je devinais en lui une sorte d'obscur consentement, celui du montagnard perdu, à bout de forces, et qui se couche dans la neige, s'enveloppe dans ses rêves et dans la neige. Ce ne fut pas sa souffrance qui me tourmenta. Je n'y croyais guère. Mais, dans la mort d'un homme, un monde inconnu meurt, et je me demandais quelles étaient les images qui sombraient en lui. Quelles plantations du Sénégal, quelles villes blanches du Sud-Marocain s'enfonçaient peu à peu dans l'oubli. Je ne

Eines Tages freilich läßt man ihn los. Wenn er nämlich so alt ist, daß Nahrung und Kleidung an ihn nur verschwendet wären, dann läßt man ihm völlige Freiheit. Drei Tage lang bietet er sich vergeblich von Zelt zu Zelt rundum an. Täglich wird er schwächer, und gegen Ende des dritten Tages legt er sich ergebungsvoll wie zuvor in den Sand. Ich habe in Cap Juby Menschen nackt im Sande sterben sehen. Die Einheimischen gingen achtlos, aber ohne Grausamkeit an ihrem langwährenden Todeskampf vorbei. Ihre Kinder spielten dicht neben dem düsteren Wrack und liefen jeden Morgen zum Spaß hin, um nachzusehen, ob es sich noch bewegte. Sie verhöhnten den alten Diener nicht. Es war ja die natürliche Weltordnung, als ob man dem Sklaven sagte: ‹Du hast brav gearbeitet, nun darfst du dich ausruhen; geh schlafen!› Darum spürte der Mann, der dort lag, nur den Hunger und nicht die Ungerechtigkeit. Der Hunger ist ein bloßes Schwindelgefühl. Nur Ungerechtigkeit ist quälend. Er wurde langsam wieder zu Erde. Von der Sonne gedörrt, von der Erde aufgenommen. Dreißig Jahre Arbeit und dann das Recht auf Schlaf und auf Erde.

Kein Wort der Klage hörte ich bei dem ersten, den ich so traf. Gegen wen auch hätte er klagen sollen? Ich spürte, daß er im Grunde dumpf einverstanden war. Der verlorene und völlig erschöpfte Bergsteiger bettet sich auf die weiche Fläche und versinkt friedlich in seine Träume und in den Schnee. Mich bewegte darum auch nicht der Anblick des Leidens; denn ich glaube nicht daran, daß er litt. Aber der Tod eines Menschen läßt eine ganze unbekannte Welt untergehen, und so fragte ich mich, welche Bilder in diesem hier erloschen. Welche Pflanzungen im Senegal, welche hellen Städte Süd-

pouvais connaître si, dans cette masse noire, s'éteignaient simplement des soucis misérables: le thé à préparer, les bêtes à conduire au puits..., si s'endormait une âme d'esclave, ou si, ressuscité par une remontée de souvenirs, l'homme mourait dans sa grandeur. L'os dur du crâne était pour moi pareil à la vieille caisse aux trésors. Je ne savais quelles soies de couleur, quelles images de fêtes, quels vestiges tellement désuets ici, tellement inutiles dans ce désert, y avaient échappé au naufrage. Cette caisse était là, bouclée, et lourde. Je ne savais quelle part du monde se défaisait dans l'homme pendant le gigantesque sommeil des derniers jours, se défaisait dans cette conscience et cette chair qui, peu à peu, redevenaient nuit et racine.

– J'étais conducteur de troupeaux, et je m'appelais Mohammed...

Bark, captif noir, était le premier que je connus qui ait résisté. Ce n'était rien que les Maures eussent violé sa liberté, l'eussent fait, en un jour, plus nu sur terre qu'un nouveau-né. Il est des tempêtes de Dieu qui ravagent, ainsi, en une heure, les moissons d'un homme. Mais, plus profondément que dans ses biens, les Maures le menaçaient dans son personnage. Et Bark n'abdiquait pas, alors que tant d'autres captifs eussent laissé si bien mourir en eux un pauvre conducteur de bêtes, qui besognait toute l'année pour
58 gagner son pain!

59 Bark ne s'installait pas dans la servitude comme on

marokkos versanken hier langsam ins Vergessen? Nichts ließ erkennen, ob sich in dieser schwarzen Masse nur jämmerliche Alltagssorgen wie Teekochen und Viehtränken dem Ende näherten, ob hier wirklich nur eine Sklavenseele einschlief, oder ob die Pracht der Erinnerungen einen Menschen wiedererweckt hatte, so daß er in Größe starb. Der harte, knochige Schädel glich für mich den alten Schatzkisten der Mauretanier. Wie diese verriet er nicht, welche bunten Seiden, welche festlichen Gefühle, was für Erinnerungen, die hier in der Wüste niemand kennt, in diesem verschlossenen, schweren Behältnis dem Schiffbruch entgangen waren. So blieb mir verborgen, welches Stück Welt sich hier in diesem Menschen im überwältigenden Schlaf der letzten Tage auflöste, was mit diesem Bewußtsein und diesem Leib langsam wieder Nacht und Wurzel wurde.

«Ich war der Hirte einer Viehherde und trug den Namen Mohammed.»

Bark, der dunkelhäutige Gefangene, war der erste von allen, die ich kannte, der Widerstand leistete. Ihm ging es nicht darum, daß die Mauretanier seine Freiheit genommen und ihn in einem Augenblick ärmer gemacht hatten als ein Neugeborenes. Auch Gottes Stürme vernichten oft in einer Stunde die Ernten der Menschen. Aber die Mauretanier bedrohten ihn über seinen Besitz hinaus, sie bedrohten sein Wesen. Er verzichtete aber nicht auf seine Persönlichkeit, wo doch so viele andere Verschleppte kampflos in sich einen armen Viehtreiber hätten sterben lassen, der das ganze Jahr schwer schaffen muß, um nur sein tägliches Brot zu verdienen.

Bark lebte sich nicht in die Knechtschaft ein, wie so mancher,

s'installe, las d'attendre, dans un médiocre bonheur. Il ne voulait pas faire ses joies d'esclave des bontés du maître d'esclaves. Il conservait au Mohammed absent cette maison que ce Mohammed avait habitée dans sa poitrine. Cette maison triste d'être vide, mais que nul autre n'habiterait. Bark ressemblait à ce gardien blanchi qui, dans les herbes des allées et l'ennui du silence, meurt de fidélité.

Il ne disait pas: «Je suis Mohammed ben Lhaoussin», mais: «Je m'appelais Mohammed», rêvant au jour où ce personnage oublié ressusciterait, chassant par sa seule résurrection l'apparence de l'esclave. Parfois, dans le silence de la nuit, tous ses souvenirs lui étaient rendus, avec la plénitude d'un chant d'enfance. «Au milieu de la nuit, nous racontait notre interprète maure, au milieu de la nuit, il a parlé de Marrakech, et il a pleuré.» Nul n'échappe dans la solitude à ces retours. L'autre se réveillait en lui, sans prévenir, s'étirait dans ses propres membres, cherchait la femme contre son flanc, dans ce désert où nulle femme jamais n'approcha. Bark écoutait chanter l'eau des fontaines, là où nulle fontaine ne coula jamais. Et Bark, les yeux fermés, croyait habiter une maison blanche, assise chaque nuit sous la même étoile, là où les hommes habitent des maisons de bure et poursuivent le vent. Chargé de ses vieilles tendresses mystérieusement vivifiées, comme si leur pôle eût été
60 proche, Bark venait à moi. Il voulait me dire qu'il était
61 prêt, que toutes ses tendresses étaient prêtes, et qu'il

des Wartens überdrüssig, sich in ein Durchschnittsschicksal findet. Er wollte nicht aus der Güte des Sklavenhalters das Glück seiner Leibeigenschaft machen. Er bewahrte treu jenem Mohammed das Haus, welches dieser in Barks Brust bewohnt hatte. Das Haus trauerte über seine Leere, aber kein neuer Herr wurde hineingelassen. Bark handelte wie jener weißhaarige Torhüter, der im Unkraut der Gartenwege und in der Langeweile der Stille an seiner Treue starb.

Er sagte nicht: ‹Ich bin Mohammed ben Lhaussin›, sondern sagte nur: «Ich hieß Mohammed.» Aber er träumte doch von dem Tage, an dem dieser vergessene Mensch auferstehen und mit dieser Auferstehung den scheinbaren Sklaven Bark vernichten würde. Manchmal kamen in der Stille der Nacht die Erinnerungen über ihn mit der Urgewalt eines Kinderliedes. «Mitten in der Nacht», berichtete unser mauretanischer Dolmetscher, «mitten in der Nacht spricht er plötzlich von Marrakesch und weint.» In der Einsamkeit entgeht niemand diesen Heimsuchungen. Plötzlich erwacht der andere Mensch in Bark, dehnt sich durch alle seine Glieder. Dann sucht er plötzlich die Frau an seiner Seite, in dieser Einsamkeit, wo keine Frau ihm nahekommt. Er hört die Brunnen rauschen, in dieser Wüste, wo nie eine Quelle floß. Mit geschlossenen Augen meint er, in einem weißen Haus zu wohnen, obwohl er jede Nacht unter demselben Stern saß, in einem Land, in dem alle Menschen in Häusern aus Zelttuch leben und dem Wind nachziehen. Zu mir kam Bark mit der ganzen Last von allem, was er einst geliebt hatte; es wurde seltsam lebendig, als näherte es sich seinem Pol. Er wollte mir sagen, es sei soweit, daß seine Liebe die Arme ausstreckte, er brauchte nichts mehr als heim-

n'avait plus, pour les distribuer, qu'à rentrer chez lui. Et il suffirait d'un signe de moi. Et Bark souriait, m'indiquait le truc, je n'y avais sans doute pas songé encore:

– C'est demain le courrier. Tu me caches dans l'avion pour Agadir...

– Pauvre vieux Bark!

Car nous vivions en dissidence, comment l'eussions-nous aidé à fuir? Les Maures, le lendemain, auraient vengé par Dieu sait quel massacre le vol et l'injure. J'avais bien tenté de l'acheter, aidé par les mécaniciens de l'escale, Laubergue, Marchal, Abgrall, mais les Maures ne rencontrent pas tous les jours des Européens en quête d'un esclave. Ils en abusent.

– C'est vingt mille francs.

– Tu te fous de nous?

– Regarde-moi ces bras forts qu'il a...

Et des mois passèrent ainsi.

Enfin les prétentions des Maures baissèrent, et, aidé par des amis de France auxquels j'avais écrit, je me vis en mesure d'acheter le vieux Bark.

Ce furent de beaux pourparlers. Ils durèrent huit jours. Nous les passions, assis en rond, sur le sable, quinze Maures et moi. Un ami du propriétaire et qui était aussi le mien, Zin Ould Rhattari, un brigand, m'aidait en secret:

 – Vends-le, tu le perdras quand même, lui disait-il
 sur mes conseils. Il est malade. Le mal ne se voit pas

zukehren, um sie zu verströmen. Ein Zeichen von mir würde genügen. Und Bark lächelte und zeigte mir, wie ich das Ding drehen sollte. Offensichtlich hatte ich noch nicht daran gedacht:

«Morgen ist Postflugtag. Da versteckst du mich im Flugzeug nach Agadir!»

«Armer alter Bark!»

Wir lebten doch im Aufstandsgebiet, wie konnten wir ihm da zur Flucht verhelfen! Am Tage darauf hätten die Mauretanier durch irgendeine entsetzliche Bluttat den Raub und die Kränkung vergolten. Ich hatte wohl versucht, ihn loszukaufen, und die Mechaniker des Flugplatzes, Laubergue, Marchal und Abgrall, hatten mir ihre Hilfe angeboten. Aber es kam eben zu selten vor, daß ein Europäer einen Sklaven kaufen will. So versuchten die Einheimischen es auszunutzen.

«Der kostet zwanzigtausend Franken.»

«Du willst dich wohl über uns lustig machen?»

«Sieh doch diese starken Arme!»

So waren Monate vergangen...

Endlich wurden die Mauretanier weniger anspruchsvoll, und mit Hilfe einiger Freunde aus Frankreich, denen ich geschrieben hatte, sah ich mich in der Lage, den alten Bark zu kaufen.

Das waren schöne Unterhandlungen! Sie dauerten acht Tage. Wir saßen im Kreis auf dem Sand, fünfzehn Mauretanier und ich. Ein Freund des Eigentümers, den auch ich zu meinen Freunden zählen durfte, der Räuber Sin Uld Rhattari, half mir heimlich.

«Verkaufe ihn doch», riet er auf mein Anstiften, «du behältst ihn doch nicht mehr lange! Er ist krank. Äußerlich sieht

d'abord, mais il est dedans. Un jour vient, tout à coup, où l'on gonfle. Vends-le vite au Français.

J'avais promis une commission à un autre bandit, Raggi, s'il m'aidait à conclure l'achat, et Raggi tentait le propriétaire:

– Avec l'argent tu achèteras des chameaux, des fusils et des balles. Tu pourras ainsi partir en rezzou et faire la guerre aux Français. Ainsi, tu ramèneras d'Atar trois ou quatre esclaves tout neufs. Liquide ce vieux-là.

Et l'on me vendit Bark. Je l'enfermai à clef pour six jours dans notre baraque, car s'il avait erré au-dehors avant le passage de l'avion, les Maures l'eussent repris et revendu plus loin.

Mais je le libérai de son état d'esclave. Ce fut encore une belle cérémonie. Le marabout vint, l'ancien propriétaire et Ibrahim, le caïd de Juby. Ces trois pirates, qui lui eussent volontiers coupé la tête, à vingt mètres du mur du fort, pour le seul plaisir de me jouer un tour, l'embrassèrent chaudement, et signèrent un acte officiel.

– Maintenant, tu es notre fils.

C'était aussi le mien, selon la loi.

Et Bark embrassa tous ses pères.

Il vécut dans notre baraque une douce captivité jusqu'à l'heure du départ. Il se faisait décrire vingt fois par jour le facile voyage: il descendrait d'avion à Agadir, et on lui remettrait, dans cette escale, un billet

man es ihm nicht an. Aber drinnen sitzt es. Warte nur, eines Tages schwillt er plötzlich an. Verkaufe ihn schnell dem Franzosen!»

Einem anderen Räuber, Radschi, hatte ich hohe Maklergebühren versprochen, wenn er mir zum Abschluß des Kaufes verhelfen würde. Der lockte nun seinerseits den Eigentümer:

«Mit dem Geld kannst du Kamele, Gewehre und Patronen kaufen. Damit kannst du einen Kriegszug ausrüsten und den Franzosen ins Land fallen. Von Atar bringst du dann drei oder vier ganz neue Sklaven mit. Stoße nur den alten da ab!»

Schließlich verkaufte man mir Bark. Ich setzte ihn für sechs Tage in unsere Baracke hinter Schloß und Riegel. Denn wäre er vor Ankunft des Flugzeuges im Freien erwischt, wäre er wieder eingefangen und anderweitig verkauft worden.

Aber ich nahm die Knechtschaft von ihm. Das war abermals eine schöne Feier. Es erschienen der mohammedanische Ortsgeistliche, der ehemalige Besitzer und Ibrahim, der Stammeshäuptling von Juby. Diese drei Gauner, die ihm gern zwanzig Meter von der Festung den Kopf abgeschlagen hätten, nur um mich zu ärgern, umarmten ihn herzlich und unterzeichneten eine Urkunde.

«Jetzt bist du unser Sohn.»

Er war auch meiner, dem Buchstaben des Gesetzes gemäß.

Und Bark umarmte alle seine Väter.

Bis zu seiner Abreise lebte er nun in angenehmer Gefangenschaft in unserer Baracke. Zwanzigmal am Tage mußten wir ihm die einfache Reise erklären: in Agadir würde er aus dem Flugzeug steigen und bekäme gleich im Flughafen einen Fahr-

d'autocar pour Marrakech. Bark jouait à l'homme libre, comme un enfant joue à l'explorateur: cette démarche vers la vie, cet autocar, ces foules, ces villes qu'il allait revoir...

Laubergue vint me trouver au nom de Marchal et d'Abgrall.

Il ne fallait pas que Bark crevât de faim en débarquant. Ils me donnaient mille francs pour lui; Bark pourrait ainsi chercher du travail.

Et je pensais à ces vieilles dames des bonnes œuvres qui «font la charité», donnent vingt francs et exigent la reconnaissance. Laubergue, Marchal, Abgrall, mécaniciens d'avions, en donnaient mille, ne faisaient pas la charité, exigeaient encore moins de reconnaissance. Ils n'agissaient pas non plus par pitié, comme ces mêmes vieilles dames qui rêvent au bonheur. Ils contribuaient simplement à rendre à un homme sa dignité d'homme. Ils savaient trop bien, comme moi-même, qu'une fois passée l'ivresse du retour, la première amie fidèle qui viendrait au-devant de Bark serait la misère, et qu'il peinerait avant trois mois quelque part sur les voies de chemin de fer, à déraciner des traverses. Il serait moins heureux qu'au désert chez nous. Mais il avait le droit d'être lui-même parmi les siens.

– Allons, vieux Bark, va et sois un homme.

L'avion vibrait, prêt à partir. Bark se penchait une dernière fois vers l'immense désolation de Cap Juby. Devant l'avion deux cents Maures s'étaient groupés

schein für den Autobus nach Marrakesch ausgehändigt. Bark spielte den freien Mann, so wie Kinder Forschungsreisende spielen. Es war der erste Schritt zum Leben; Autobus, Menschenmengen, Städte, das alles sollte er nun wiedersehen.

Laubergue kam zu mir zugleich im Namen von Marchal und Abgrall. Bark dürfe doch nicht gleich nach der Ankunft Hungers sterben. Sie gaben mir darum tausend Franken für ihn; mit denen in der Tasche habe er dann Zeit, sich Arbeit zu suchen.

Ich mußte an die alten Damen der wohltätigen Werke denken, die ihre Nächstenliebe so ausüben, daß sie zwanzig Franken geben und dafür Dank verlangen. Laubergue, Marchal und Abgrall, einfache Flugzeugmechaniker gaben tausend, nannten das nicht Nächstenliebe und verlangten noch viel weniger einen Dank. Sie handelten nicht einmal aus Mitleid, wie die alten Damen, die wähnen, dauerndes Glück zu spenden. Sie taten nur das ihre, einem Menschen seine Menschenwürde wieder zu verschaffen. Sie wußten so gut wie ich, wie schnell der Rausch der Heimkehr verfliegt und daß die erste und unzertrennlichste Freundin die sich zu dem Heimkehrer gesellt, die Armut ist. In weniger als drei Monaten wird unser Bark auf einem Bahnkörper in saurem Schweiß Schwellen auswuchten. Er wird dabei sogar weniger glücklich sein, als er bei uns als Sklave in der Wüste war. Aber er darf dann wenigstens wieder er selber unter den Seinen sein.

«Komm, alter Bark, sei wieder ein Mensch!»

Das Flugzeug zitterte startbereit. Bark sah ein letztes Mal in die trostlose Weite um Cap Juby. Vor dem Flugzeug standen zweihundert Mauretanier, um ganz genau zu sehen, was

pour bien voir quel visage prend un esclave aux portes de la vie. Ils le récupéreraient un peu plus loin en cas de panne.

Et nous faisions des signes d'adieu à notre nouveau-né de cinquante ans, un peu troublés de le hasarder vers le monde.

– Adieu, Bark!

– Non.

– Comment: non?

– Non. Je suis Mohammed ben Lhaoussin.

Nous eûmes pour la dernière fois des nouvelles de lui par l'Arabe Abdallah, qui, sur notre demande, assista Bark à Agadir.

L'autocar partait le soir seulement, Bark disposait ainsi d'une journée. Il erra d'abord si longtemps, et sans dire un mot, dans la petite ville, qu'Abdallah le devina inquiet et s'émut:

– Qu'y a-t-il?

– Rien...

Bark, trop au large dans ses vacances soudaines, ne sentait pas encore sa résurrection. Il éprouvait bien un bonheur sourd, mais il n'y avait guère de différence, hormis ce bonheur, entre le Bark d'hier et le Bark d'aujourd'hui. Il partageait pourtant désormais, à égalité, ce soleil avec les autres hommes, et le droit de s'asseoir ici, sous cette tonnelle de café arabe. Il s'y assit. Il commanda du thé pour Abdallah et lui. C'était son premier geste de seigneur; son pouvoir eût dû le

für ein Gesicht ein Sklave an der Schwelle des Lebens macht. Im Falle einer Panne würden sie ihn übrigens gleich wieder gefaßt haben.

Wir winkten unserem Neugeborenen von fünfzig Jahren zum Abschied und sahen seinen Eintritt ins Leben nicht ohne Sorgen.

«Leb wohl, Bark!»

«Nein!»

«Wieso nein?»

«Ich bin nicht Bark. Ich bin Mohammed ben Lhaussin.»

Wir hörten zuletzt von ihm durch den Araber Abdallah, der ihm auf unsere Bitte in Agadir weiterhalf.

Da der Autobus erst abends fuhr, hatte Bark einen ganzen Tag für sich. Erst irrte er so lange und so wortkarg in der kleinen Stadt umher, daß Abdallah seine innere Unruhe spürte und teilnehmend fragte:

«Was fehlt dir denn?»

«Nichts ...»

Er schaukelte eben zu plötzlich auf der hohen See seiner Freiheit. Er fühlte seine Auferstehung noch nicht recht. Gewiß war in ihm ein dumpfes Glücksgefühl, aber außer diesem Glücksempfinden gab es keinen Unterschied zwischen seinem gestrigen und seinem heutigen Ich. Und doch hatte er von nun an ein gleiches Recht auf die Sonne wie alle anderen Menschen, er durfte sich wie alle unter die Laubengänge des arabischen Kaffeehauses setzen. Er setzte sich auch hin und bestellte Tee für Abdallah und sich. Das war seine erste Tat als freier Mann. Diese Macht mußte ihn doch vor aller Welt ver-

transfigurer. Mais le serveur lui versa du thé sans surprise, comme si le geste était ordinaire. Il ne sentait pas, en versant ce thé, qu'il glorifiait un homme libre.

– Allons ailleurs, dit Bark.

Ils montèrent vers la Kasbah, qui domine Agadir. Les petites danseuses berbères vinrent à eux. Elles montraient tant de douceur apprivoisée que Bark crut qu'il allait revivre: c'étaient elles qui, sans le savoir, l'accueilleraient dans la vie. L'ayant pris par la main, elles lui offrirent donc le thé, gentiment, mais comme elles l'eussent offert à tout autre. Bark voulut raconter sa résurrection. Elles rirent doucement. Elles étaient contentes pour lui, puisqu'il était content. Il ajouta pour les émerveiller: «Je suis Mohammed ben Lhaoussin.» Mais cela ne les surprit guère. Tous les hommes ont un nom, et beaucoup reviennent de tellement loin...

Il entraîna encore Abdallah vers la ville. Il erra devant les échoppes juives, regarda la mer, songea qu'il pouvait marcher à son gré dans n'importe quelle direction, qu'il était libre... Mais cette liberté lui parut amère: elle lui découvrait surtout à quel point il manquait de liens avec le monde.

Alors, comme un enfant passait, Bark lui caressa doucement la joue. L'enfant sourit. Ce n'était pas un fils de maître que l'on flatte. C'était un enfant faible à qui Bark accordait une caresse. Et qui souriait. Et cet
70 enfant réveilla Bark, et Bark se devina un peu plus
71 important sur terre, à cause d'un enfant faible qui lui

klären. Aber der Kellner schenkte ihm ein, ohne überrascht zu sein, als ob das eine ganz gewöhnliche Geste wäre. Er bemerkte gar nicht, daß er mit dem Tee-Einschenken einem freien Menschen die Weihe gab.

«Gehen wir weiter!» murmelte Bark.

Sie stiegen zur Altstadt hinauf, die Agadir beherrscht.

Die kleinen berberischen Tanzmädchen kamen zu ihnen. Sie waren so sanft und zahm, daß Bark glaubte, er werde aufleben. Sie würden ihn, ohne es zu ahnen, im Leben willkommen heißen. Sie nahmen ihn auch bei der Hand, sie boten ihm freundlich Tee. Aber sie taten es wie für jedermann. Bark wollte von seiner Auferstehung erzählen; sie lachten freundlich und waren glücklich mit ihm, weil er glücklich aussah. Er fügte stolz hinzu, um sie in Erstaunen zu setzen: «Ich bin Mohammed ben Lhaussin!» Aber das machte ihnen gar keinen Eindruck. Alle Menschen haben einen Namen, und viele kommen von so weit her...

So zog er Abdallah wieder zur Stadt zurück. Er bummelte an den jüdischen Läden vorbei und sah übers Meer. Er war sich bewußt, daß er nach Belieben hingehen konnte, wohin er wollte. Er war ja frei. Aber die Freiheit erschien ihm bitter. Denn durch sie bemerkte er erst, wie er so gar keine Bindungen an die Welt besaß.

Als da ein Kind vorbeikam, streichelte Bark ihm leicht die Backe. Das Kind aber lächelte. Es war eben kein Herrenkind, vor dem man sich schmeichelnd demütigt. Es war ein hilfloses Kind, dem Bark eine Liebkosung schenkte. Und es lächelte dafür. Dieses Kind weckte Bark auf. Er fühlte sich plötzlich wieder als jemand auf der Welt. Ein hilfloses Kind war ihm

avait dû de sourire. Il commençait d'entrevoir quelque chose et marchait maintenant à grands pas.

– Que cherches tu? demandait Abdallah.

– Rien, répondait Bark.

Mais quand il buta, au détour d'une rue, sur un groupe d'enfants qui jouaient, il s'arrêta. C'était ici. Il les regarda en silence. Puis, s'étant écarté vers les échoppes juives, il revint les bras chargés de présents. Abdallah s'irritait:

– Imbécile, garde ton argent!

Mais Bark n'écoutait plus. Gravement, il fit signe à chacun. Et les petites mains se tendirent vers les jouets et les bracelets et les babouches cousues d'or. Et chaque enfant, quand il tenait bien son trésor, fuyait, sauvage.

Les autres enfants d'Agadir, apprenant la nouvelle, accoururent vers lui: Bark les chaussa de babouches d'or. Et dans les environs d'Agadir, d'autres enfants, touchés à leur tour par cette rumeur, se levèrent et montèrent avec des cris vers le Dieu noir et, cramponnés à ses vieux vêtements d'esclave, réclamèrent leur dû. Bark se ruinait.

Abdallah le crut «fou de joie». Mais je crois qu'il ne s'agissait pas, pour Bark, de faire partager un trop-plein de joie.

Il possédait, puisqu'il était libre, les biens essentiels, le droit de se faire aimer, de marcher vers le Nord ou le Sud et de gagner son pain par son travail. A quoi
72 bon cet argent... Alors qu'il éprouvait, comme on
73 éprouve une faim profonde, le besoin d'être un homme

ein Lächeln schuldig gewesen. Ein Gedanke begann in ihm zu arbeiten, und mit großen Schritten ging er weiter.

«Was suchst du?» fragte Abdallah.

«Nichts», antwortete Bark.

Aber als er an einer Straßenecke auf eine Gruppe spielender Kinder stieß, blieb er stehen. Das war es! Er sah ihnen schweigend zu. Dann aber lief er zu den Judenläden und kam wieder, beide Arme voll Geschenke. Abdallah wurde unruhig:

«Dummkopf, behalte doch dein Geld!»

Aber Bark hörte schon nicht mehr. Er winkte jedem der Kinder mit ernstem Gesicht. Kleine Hände streckten sich den Spielsachen, Armbänderchen und goldgestickten Pantöffelchen entgegen. Jedes Kind lief schüchtern davon, sobald es seinen Schatz festhielt.

Die anderen Kinder in Agadir hörten alsbald davon und kamen angelaufen. Bark kleidete alle mit goldenen Pantoffeln. Auch in der Umgebung lief das Gerücht um, und dort erhoben sich gleichfalls Kinderschwärme und stiegen heran zu diesem schwärzlichen Gott und klammerten sich an seine Sklavenkleider. Alle, alle wollten ihr Teil haben. Und Bark verausgabte sich völlig.

Abdallah meinte, Bark sei vor Freude verrückt geworden. Ich glaube aber nicht, daß es ihm ein Bedürfnis war, sein Übermaß an Freude mit anderen zu teilen.

Er war frei und hatte mithin alles, was ein Mensch braucht, das Recht auf Liebe, das Recht, nach Norden oder nach Süden zu gehen und sein Brot mit seiner Arbeit zu verdienen. Das Geld brauchte er dafür nicht. Aber er fühlte mit derselben Stärke, mit der der Hunger über uns kommt, eine Sehnsucht,

parmi les hommes, lié aux hommes. Les danseuses d'Agadir s'étaient montrées tendres pour le vieux Bark, mais il avait pris congé d'elles sans effort, comme il était venu; elles n'avaient pas besoin de lui. Ce serveur de l'échoppe arabe, ces passants dans les rues, tous respectaient en lui l'homme libre, partageaient avec lui leur soleil à égalité, mais aucun n'avait montré non plus qu'il eût besoin de lui. Il était libre, mais infiniment, jusqu'à ne plus se sentir peser sur terre. Il lui manquait ce poids des relations humaines qui entrave la marche, ces larmes, ces adieux, ces reproches, ces joies, tout ce qu'un homme caresse ou déchire chaque fois qu'il ébauche un geste, ces mille liens qui l'attachent aux autres, et le rendent lourd. Mais sur Bark pesaient déjà mille espérances...

Et le règne de Bark commençait dans cette gloire du soleil couchant sur Agadir, dans cette fraîcheur qui si longtemps avait été pour lui la seule douceur à attendre, la seule étable. Et comme approchait l'heure du départ, Bark s'avançait, baigné de cette marée d'enfants, comme autrefois de ses brebis, creusant son premier sillage dans le monde. Il rentrerait, demain, dans la misère des siens, responsable de plus de vies que ses vieux bras n'en sauraient peut-être nourrir, mais déjà il pesait ici de son vrai poids. Comme un archange trop léger pour vivre de la vie des hommes, mais qui eût triché, qui eût cousu du plomb dans sa ceinture, Bark faisait des pas difficiles, tiré vers le sol par mille enfants, qui avaient tellement besoin de babouches d'or.

Mensch unter Menschen zu sein, mit Menschen verbunden. Die Tänzerinnen von Agadir waren lieb mit dem alten Bark gewesen. Und doch war er von ihnen ebenso leichten Herzens gegangen, wie er gekommen war. Sie brauchten ihn ja nicht. Der arabische Kellner, die Leute auf der Straße, alle achteten in ihm den freien Menschen, alle gestanden ihm sein gleiches Recht an der Sonne zu. Aber kein einziger brauchte ihn. Er war frei, unbegrenzt frei, so frei, daß er nicht mehr fest auf der Erde zu stehen meinte. Es fehlte ihm das Gewicht der Bindung an andere Menschen, das unser Schreiten hindert mit Tränen, Abschied und Vorwürfen, mit Freuden, mit all dem, was ein Mensch liebkost oder schlägt durch jede Bewegung, die er tut. Es fehlten ihm die hunderttausend Fäden, die uns binden und uns mit ihrer Schwerkraft auf der Erde halten. Jetzt aber lag etwas auf Bark: Tausende von Hoffnungen!

Sein Reich begann in der Herrlichkeit des Sonnenuntergangs über Agadir, in der Abendkühle, die für ihn so lange Zeit die einzige ersehnte Erquickung, das einzige Obdach gewesen war. Als die Stunde der Abreise nahte, schritt Bark in einer Flut von Kindern dahin wie weiland unter seinen Schafen. Er pflügte seine erste Furche in die Welt. Morgen würde die Armut der Seinen ihn aufnehmen – und die Verantwortung für mehr Menschenleben, als vielleicht seine alten Arme nähren konnten. Aber er hatte seine Erdenschwere wieder. Wie ein Engel, der zu leicht war, um das Leben der Menschen mitzuleben; da hatte er zu einem kleinen Betrug gegriffen und sich Blei in den Gürtel genäht. So ging auch Bark mühsam weiter, zu Boden gezogen von tausend Kindern, die so notwendig goldene Pantöffelchen brauchten.

7

Tel est le désert. Un Coran, qui n'est qu'une règle de jeu, en change le sable en Empire. Au fond d'un Sahara qui serait vide, se joue une pièce secrète, qui remue les passions des hommes. La vraie vie du désert n'est pas faite d'exodes de tribus à la recherche d'une herbe à paître, mais du jeu qui s'y joue encore. Quelle différence de matière entre le sable soumis et l'autre! Et n'en est-il pas ainsi pour tous les hommes? En face de ce désert transfiguré je me souviens des jeux de mon enfance, du parc sombre et doré que nous avions peuplé de dieux, du royaume sans limite que nous tirions de ce kilomètre carré jamais entièrement connu, jamais entièrement fouillé.

Nous formions une civilisation close, où les pas avaient un goût, où les choses avaient un sens qui n'étaient permis dans aucune autre. Que reste-t-il lorsque, devenu homme, on vit sous d'autres lois, du parc plein d'ombre de l'enfance, magique, glacé, brûlant, dont maintenant, lorsqu'on y revient, on longe avec une sorte de désespoir, de l'extérieur, le petit mur de pierres grises, s'étonnant de trouver fermée dans une enceinte aussi étroite, une province dont on avait fait son infini, et comprenant que dans cet infini on ne rentrera jamais plus, car c'est dans le jeu, et non dans le parc, qu'il faudrait
76 rentrer.

77 Mais il n'est plus de dissidence. Cap Juby, Cisneros,

7

Das ist die Wüste. Ein Koran, nichts weiter als eine Spielregel, verwandelt ihren dürren Sand in ein Kaiserreich. In den Tiefen der Sahara, die sonst leer wären, rollt ein heimliches Schauspiel ab, das die menschlichen Leidenschaften aufwühlt. Das wahre Leben der Wüste sind nicht die Wanderungen der Stämme, wenn sie ausziehen, etwas Weidegras zu suchen. Das wahre Leben ist eben jenes Spiel, das daneben gespielt wird. Wie ungeheuerlich hat sich der Sand seit seiner Unterwerfung geändert! Es geht ihm nicht anders als allen Menschen. Angesichts dieser entzauberten Wüste denke ich an die Spiele meiner Kindheit, an den dunklen und doch so leuchtenden Park, den wir mit Göttern bevölkerten, und an das Reich ohne Grenzen, das wir aus diesem Quadratkilometer niemals gänzlich durchforschten Landes schufen. Wir bildeten einen Kulturkreis für uns, in dem jeder Schritt seine Eigenart und jedes Ding seinen Sinn hatte, die sonst nirgends galten. Was bleibt aber von diesem zugleich eisigen und glühenden Park der Kindheit mit seinen zauberhaften Schatten, wenn man als Mann unter anderen Gesetzen lebt? Kommt man in die Heimat zurück, geht man in einer Stimmung von Verzweiflung außen an der kleinen, grauen Steinmauer entlang und wundert sich, daß in einem so engen Raum die Provinz eingeschlossen sein kann, die einmal die Unendlichkeit war. Und man muß einsehen, daß man diese Unendlichkeit nie wieder finden wird. Es reicht nicht aus, wieder in den Park zu treten; man müßte in das Spiel selbst zurückfinden können.

Das Aufstandsgebiet besteht nicht mehr. Um Cap Juby,

Puerto-Cansado, la Saguet-El-Hamra, Dora, Smarra, il n'est plus de mystère. Les horizons vers lesquels nous avons couru se sont éteints l'un après l'autre, comme ces insectes qui perdent leurs couleurs une fois pris au piège des mains tièdes. Mais celui qui les poursuivait n'était pas le jouet d'une illusion. Nous ne nous trompions pas, quand nous courions ces découvertes. Le Sultan des Mille et une Nuits non plus, qui poursuivait une matière si subtile, que ses belles captives, une à une, s'éteignaient à l'aube dans ses bras, ayant perdu, à peine touchées, l'or de leurs ailes. Nous nous sommes nourris de la magie des sables, d'autres peut-être y creuseront leurs puits de pétrole, et s'enrichiront de leurs marchandises. Mais ils seront venus trop tard. Car les palmeraies interdites, ou la poudre vierge des coquillages, nous ont livré leur part la plus précieuse: elles n'offraient qu'une heure de ferveur, et c'est nous qui l'avons vécue.

Cisneros, Puerto Cansodo, Saget el Hamra, Dora und Simarra ist alles Geheimnis verschwunden. Die Fernen, die wir ansteuerten, sind eine nach der anderen zur blassen Nähe geworden, so wie manche Insekten ihre Farben verlieren, wenn sie erst einmal in die warme Hand genommen werden. Und doch lebten wir nicht in eitler Verblendung, als wir ihnen zustrebten. Wir täuschten uns nicht, als wir ausgingen, sie zu entdekken. Der Sultan aus Tausendundeiner Nacht irrte sich ja auch nicht in seiner Suche nach dem Letzten und Höchsten, um dessentwillen seine Sklavinnen eine nach der anderen in seinen Armen vergehen mußten, noch ehe die Sonne aufging; denn sie hatten das Gold von ihren Flügeln verloren, kaum daß er sie berührt hatte. Wir lebten vom Zauber des Sandes, andere werden Erdölquellen darin erbohren und sich mit Handel bereichern. Aber sie kommen alle zu spät. Die verbotenen Palmenwälder, der niemals zuvor betretene Muschelsand haben uns ihr Bestes gegeben. Die Sahara hatte nur eine heilige Stunde der Erhebung zu verschenken, und wir haben sie erlebt.

Les Camarades

1

Quelques camarades, dont Mermoz, fondèrent la ligne française de Casablanca à Dakar, à travers le Sahara insoumis.

Les moteurs d'alors ne résistant guère, une panne livra Mermoz aux Maures; ils hésitèrent à le massacrer, le gardèrent quinze jours prisonnier, puis le revendirent. Et Mermoz reprit ses courriers au-dessus des mêmes territoires.

Lorsque s'ouvrit la ligne d'Amérique, Mermoz, toujours à l'avant-garde, fut chargé d'étudier le tronçon de Buenos-Aires à Santiago, et, après un pont sur le Sahara, de bâtir un pont au-dessus des Andes. On lui confia un avion qui plafonnait à cinq mille deux cents mètres. Les crêtes de la Cordillère s'élèvent à sept mille mètres. Et Mermoz décolla pour chercher des trouées. Après le sable, Mermoz affronta la montagne, ces pics qui, dans le vent, lâchent leur écharpe de neige, ce pâlissement des choses avant l'orage, ces remous si durs qui, subis entre deux murailles de rocs, obligent le pilote à une sorte de lutte au couteau. Mermoz s'engageait dans ces combats sans rien connaître de l'adversaire, sans savoir si l'on sort en vie de telles étreintes. Mermoz «essayait» pour les autres.

Enfin, un jour, à force d'«essayer», il se découvrit prisonnier des Andes.

Die Kameraden

1

Einige Kameraden, unter ihnen Mermoz, errichteten die französische Fluglinie von Casablanca nach Dakar über die unterworfene Sahara. Die damaligen Motoren waren nicht sehr robust, und eine Störung lieferte Mermoz in die Hände der Mauretanier. Sie brachten ihn nicht auf der Stelle um, sondern hielten ihn gefangen und gaben ihn nach vierzehn Tagen gegen Lösegeld frei. Mermoz aber nahm seine Flüge über dasselbe Gebiet wieder auf.

Als man die Südamerikalinie eröffnete, war Mermoz wieder einer der ersten. Er erhielt den Auftrag, die Strecke Buenos Aires–Santiago zu erkunden. Nach der Brücke über die Sahara schlug er die Brücke über die Anden. Man gab ihm ein Flugzeug mit 5200 Meter Gipfelhöhe. Die Kämme der Kordilleren ragen 7000 Meter hoch. Mermoz flog los, um Durchschlüpfe zu finden. Nach dem Sande bot er dem Gebirge die Stirn, er trotzte den Bergen, die im Wind ihre Schneeschärpe flattern lassen, dem unheildrohenden Schwund der Farben vor dem Sturm, den Wirbeln, die so hart stoßen, daß sie den Flieger zum Kampf bis aufs Messer nötigen, wenn sie ihn zwischen zwei Steinwänden packen. Mermoz nahm diesen Kampf auf, ohne den Feind zu kennen, ohne zu ahnen, ob man aus solchem Ringen lebend wieder herauskommen könne. Er «versuchte» es für die anderen.

Eines Tages hatte er etwas zuviel «versucht» und sah sich in den Anden gefangen.

Échoués, à quatre mille mètres d'altitude, sur un plateau aux parois verticales, son mécanicien et lui cherchèrent pendant deux jours à s'évader. Ils étaient pris. Alors, ils jouèrent leur dernière chance, lancèrent l'avion vers le vide, rebondirent durement sur le sol inégal, jusqu'au précipice, où ils coulèrent. L'avion, dans la chute, prit enfin assez de vitesse pour obéir de nouveau aux commandes. Mermoz le redressa face à une crête, toucha la crête, et, l'eau fusant de toutes les tubulures crevées dans la nuit par le gel, déjà en panne après sept minutes de vol, découvrit la plaine chilienne, sous lui, comme une terre promise.

Le lendemain, il recommençait.

Quand les Andes furent bien explorées, une fois la technique des traversées bien au point, Mermoz confia ce tronçon à son camarade Guillaumet et s'en fut explorer la nuit.

L'éclairage de nos escales n'était pas encore réalisé, et sur les terrains d'arrivée, par nuit noire, on alignait en face de Mermoz la maigre illumination de trois feux d'essence.

Il s'en tira et ouvrit la route.

Lorsque la nuit fut bien apprivoisée, Mermoz essaya l'Océan. Et le courrier, dès 1931, fut transporté, pour la première fois, en quatre jours, de Toulouse à Buenos-Aires. Au retour, Mermoz subit une panne d'huile au centre de l'Atlantique Sud et sur une mer démontée.
82 Un navire le sauva, lui, son courrier et son équipage.

83 Ainsi Mermoz avait défriché les sables, la montagne,

Er war in 4000 Meter Höhe auf einer Felsplatte notgelandet, die ringsum senkrecht abfiel, und versuchte zwei Tage lang vergeblich, mit seinem Mechaniker zusammen zu entfliehen. Sie saßen fest. Da spielten sie ihre letzte Karte aus und ließen das Flugzeug gegen den Abgrund anrollen. Hart sprang es über den unebenen Boden bis zur Felswand und stürzte in die Tiefe. Aber in diesem Sturz bekam es endlich die nötige Geschwindigkeit, um dem Steuer wieder zu gehorchen. Mermoz fing es gegenüber einem Felsgrat ab, berührte den Grat, hatte Motorschaden nach kaum sieben Minuten Flug, da das Wasser aus dem ganzen Röhrenwerk der Kühlung, das der Frost während der Nacht zerstört hatte, auslief – aber unten sah er die Ebene von Chile wie ein gelobtes Land.

Am nächsten Tage flog er wieder.

Als die Anden erschlossen und die Technik der Überquerung gut entwickelt waren, überließ Mermoz diese Strecke seinem Kameraden Guillaumet und unternahm es, die Nacht zu erforschen.

Die Flughäfen waren damals noch nicht beleuchtet. Auf dem Landefeld stellte man in schwarzer Nacht für Mermoz die magere Illumination von drei Benzinfackeln in einer Reihe auf.

Er schaffte es, und man konnte die Nachtlinie eröffnen.

Als er die Nacht gebändigt hatte, versuchte Mermoz den Ozean. Und ab 1931 wurde die Post erstmalig in vier Tagen von Toulouse nach Buenos Aires geflogen. Auf dem Rückflug hatte er eine Ölpanne mitten über dem Südatlantik bei wildbewegter See. Ein Schiff rettete ihn, seine Post und seine Besatzung.

So hatte Mermoz die Wüste, das Gebirge, die Nacht und das

la nuit et la mer. Il avait sombré plus d'une fois dans les sables, la montagne, la nuit et la mer. Et quand il était revenu, ç'avait toujours été pour repartir.

Enfin après douze années de travail, comme il survolait une fois de plus l'Atlantique Sud, il signala par un bref message qu'il coupait le moteur arrière droit. Puis le silence se fit.

La nouvelle ne semblait guère inquiétante, et, cependant, après dix minutes de silence, tous les postes radio de la ligne de Paris jusqu'à Buenos-Aires commencèrent leur veille dans l'angoisse. Car si dix minutes de retard n'ont guère de sens dans la vie journalière, elles prennent dans l'aviation postale une lourde signification. Au cœur de ce temps mort, un événement encore inconnu se trouve enfermé. Insignifiant ou malheureux, il est désormais révolu. La destinée a prononcé son jugement, et, contre ce jugement, il n'est plus d'appel: une main de fer a gouverné un équipage vers l'amerrissage sans gravité ou l'écrasement. Mais le verdict n'est pas signifié à ceux qui attendent.

Lequel d'entre nous n'a point connu ces espérances de plus en plus fragiles, ce silence qui empire de minute en minute comme une maladie fatale? Nous espérions, puis les heures se sont écoulées et, peu à peu, il s'est fait tard. Il nous a bien fallu comprendre
84 que nos camarades ne rentreraient plus, qu'ils repo-
85 saient dans cet Atlantique Sud dont ils avaient si sou-

Meer erschlossen. Manches Mal war er am Sand, am Gebirge, an der Nacht und am Meer gescheitert, aber stets zurückgekommen, um stets erneut aufzusteigen.

Schließlich, nach zwölf Jahren Arbeit, als er wieder einmal den Südatlantik überflog, gab er eine kurze Meldung durch, daß er den rechten hinteren Motor abstelle. Und dann kam nichts mehr.

Die Nachricht schien nicht beunruhigend, und doch begannen nach zehn Minuten Stille alle Funkstationen an der Strekke zwischen Paris und Buenos Aires ihr Suchen in banger Sorge. Im Alltag bedeuten zehn Minuten Verspätung nicht viel. Aber im Postflugverkehr bekommen sie folgenschweren Sinn. Ein unbekanntes Geschehen verbirgt sich im Herzen dieser stummen Zeitspanne. Ob es nun bedeutungslos oder unheilvoll ist: irgendetwas ist geschehen.

Das Schicksal hat das Urteil gesprochen, und gegen sein Urteil gibt es keine Berufung. Eine eiserne Hand hat die Besatzung zu einem harmlosen Niedergehen auf dem Wasser oder zum Zerschellen gelenkt. Das Urteil wird nur der wartenden Menge noch vorenthalten.

Wir alle haben erlebt, wie die Hoffnung immer mehr schwand und das Schweigen von Minute zu Minute immer drohender wuchs wie eine tödliche Krankheit. Wir hofften und hofften, und dann waren Stunden vergangen, und es war langsam zu spät geworden. Dann hieß es sich klarmachen, daß unsere Kameraden nie wiederkamen, daß sie im Südatlantik ruhten, dessen Himmel sie so oft durchpflügt hatten. Mermoz war hin-

vent labouré le ciel. Mermoz, décidément, s'était retranché derrière son ouvrage, pareil au moissonneur qui, ayant bien lié sa gerbe, se couche dans son champ.

Quand un camarade meurt ainsi, sa mort paraît encore un acte qui est dans l'ordre du métier, et, tout d'abord, blesse peut-être moins qu'une autre mort. Certes il s'est éloigné celui-là, ayant subi sa dernière mutation d'escale, mais sa présence ne nous manque pas encore en profondeur comme pourrait nous manquer le pain.

Nous avons en effet l'habitude d'attendre longtemps les rencontres. Car ils sont dispersés dans le monde, les camarades de ligne, de Paris à Santiago du Chili, isolés un peu comme des sentinelles qui ne parleraient guère. Il faut le hasard des voyages pour rassembler, ici ou là, les membres dispersés de la grande famille professionnelle. Autour de la table d'un soir, à Casablanca, à Dakar, à Buenos-Aires, on reprend, après des années de silence, ces conversations interrompues, on se renoue aux vieux souvenirs. Puis l'on repart. La terre ainsi est à la fois déserte et riche. Riche de ces jardins secrets, cachés, difficiles à atteindre, mais auxquels le métier nous ramène toujours, un jour ou l'autre. Les camarades, la vie peut-être nous en écarte, nous empêche d'y beaucoup penser, mais ils sont quelque part, on ne sait trop où, silencieux et oubliés, mais tellement fidèles! Et si nous croisons leur chemin, ils nous secouent par les épaules

ter seiner Arbeit zur Ruhe gegangen, wie der Erntearbeiter sich auf dem Feld ausstreckt, nachdem er seine Garbe treulich gebunden hat.

Wenn ein Kamerad so stirbt, erscheint uns sein Tod wie ein Vorgang, der im Wesen unseres Berufes liegt. Im ersten Augenblick schmerzt der Verlust sogar weniger als mancher andere. Gewiß, er ist nicht mehr bei uns, weil er an seinen letzten Flughafen versetzt wurde. Aber, noch entbehren wir seine Abwesenheit nicht so bitter, wie uns das tägliche Brot fehlen würde.

Wir sind ja daran gewöhnt, lange auf ein Wiedersehen zu warten. Denn die Kameraden der einen Strecke von Paris nach Santiago in Chile sind in die weite Welt verteilt wie Schildwachen, die nicht miteinander sprechen können. Da muß der Zufall der Flüge spielen, um hier oder dort die zerstreuten Mitglieder der großen Berufsfamilie zu vereinigen. Für einen Abend sitzt man um einen Tisch in Casablanca, in Dakar, in Buenos Aires. Nach Jahren des Stillschweigens nimmt man längst unterbrochene Gespräche auf, knüpft an die alten Erinnerungen an. Und dann fliegt man weiter. Auf diese Weise ist die Welt leer und reich zugleich. Wir besitzen manche heimlichen Gärten, die man in ihrer tiefen Verborgenheit nur schwer findet, zu denen uns aber unser Beruf doch immer wieder einmal führt. Das Leben trennt uns oft von den Kameraden, es hindert uns sogar, viel an sie zu denken. Aber sie sind da, wenn man auch nicht recht weiß wo. Sie lassen nichts von sich hören, und wir denken kaum an sie, und doch sind sie so treu! Wenn sich dann die Wege kreuzen, packen sie uns bei den

avec de belles flambées de joie! Bien sûr, nous avons l'habitude d'attendre...

Mais peu à peu nous découvrons que le rire clair de celui-là nous ne l'entendrons plus jamais, nous découvrons que ce jardin-là nous est interdit pour toujours. Alors commence notre deuil véritable qui n'est point déchirant mais un peu amer.

Rien, jamais, en effet, ne remplacera le compagnon perdu. On ne se crée point de vieux camarades. Rien ne vaut le trésor de tant de souvenirs communs, de tant de mauvaises heures vécues ensemble, de tant de brouilles, de réconciliations, de mouvements du cœur. On ne reconstruit pas ces amitiés-là. Il est vain, si l'on plante un chêne, d'espérer s'abriter bientôt sous son feuillage.

Ainsi va la vie. Nous nous sommes enrichis d'abord, nous avons planté pendant des années, mais viennent les années où le temps défait ce travail et déboise. Les camarades, un à un, nous retirent leur ombre. Et à nos deuils se mêle désormais le regret secret de vieillir.

Telle est la morale que Mermoz et d'autres nous ont enseignée. La grandeur d'un métier est, peut-être, avant tout, d'unir des hommes: il n'est qu'un luxe véritable, et c'est celui des relations humaines.

En travaillant pour les seuls biens matériels, nous bâtissons nous-mêmes notre prison. Nous nous enfermons solitaires, avec notre monnaie de cendre qui ne procure rien qui vaille de vivre.

Schultern und freuen sich leuchtenden Auges. Jawohl, wir verstehen zu warten...

Aber langsam kommt einem doch zum Bewußtsein, daß wir das helle Lachen von dem einen nie wieder hören werden, daß uns dieser heimliche Garten für immer verschlossen ist. Dann erst beginnt die wahre Trauer, nicht herzzerreißend, aber ein bißchen bitter.

Nichts kann den verlorenen Gefährten je ersetzen. Alte Kameraden kann man sich nicht künstlich schaffen. Nichts wiegt den Schatz so vieler gemeinsamer Erinnerungen auf, nichts das gemeinsame Erlebnis so vieler böser Stunden, die Zerwürfnisse, die Versöhnungen und die Augenblicke, in denen das Herz warm wurde. Solche Freundschaften lassen sich nicht ersetzen. Wenn man eine Eiche pflanzt, darf man nicht die Hoffnug hegen, nächstens in ihrem Schatten zu ruhen.

So geht das Leben. Wir haben Schätze erworben, wir haben jahrelang gepflanzt. Aber dann kommen Zeiten, in denen böses Wetter die Arbeit vernichtet und die Wälder lichtet. Einer um den andern nehmen uns die Kameraden ihren Schatten. Und in unsere Trauer mischt sich der Kummer, daß das Altern beginnt.

Das haben uns Mermoz und andere gelehrt: Die Größe eines Berufes besteht vielleicht vor allem anderen darin, daß er Menschen zusammenbringt. Es gibt nur eine wahrhafte Freude: den Umgang mit Menschen.

Wenn wir nur für Geld und Gewinn arbeiten, bauen wir uns ein Gefängnis und schließen uns wie Klausner ein. Geld ist nur Schlacke und kann nichts schaffen, was das Leben lebenswert macht.

Si je cherche dans mes souvenirs ceux qui m'ont laissé un goût durable, si je fais le bilan des heures qui ont compté, à coup sûr je retrouve celles que nulle fortune ne m'eût procurées.

On n'achète pas l'amitié d'un Mermoz, d'un compagnon que les épreuves vécues ensemble ont lié à nous pour toujours.

Cette nuit de vol et ses cent mille étoiles, cette sérénité, cette souveraineté de quelques heures, l'argent ne les achète pas.

Cet aspect neuf du monde après l'étape difficile, ces arbres, ces fleurs, ces femmes, ces sourires fraîchement colorés par la vie qui vient de nous être rendue à l'aube, ce concert des petites choses qui nous récompensent, l'argent ne les achète pas.

Ni cette nuit vécue en dissidence et dont le souvenir me revient.

Nous étions trois équipages de l'Aéropostale échoués à la tombée du jour sur la côte de Rio de Oro. Mon camarade Riguelle s'était posé d'abord, à la suite d'une rupture de bielle; un autre camarade, Bourgat, avait atterri à son tour pour recueillir son équipage, mais une avarie sans gravité l'avait cloué au sol. Enfin, j'atterris, mais quand je survins la nuit tombait. Nous décidâmes de sauver l'avion de Bourgat, et, afin de mener à bien la réparation, d'attendre le jour.

Une année plus tôt, nos camarades Gourp et Érable,

en panne ici, exactement, avaient été massacrés par les

Sollte ich unter meinen Erinnerungen die suchen, die ihren kräftigen Geschmack behalten haben, sollte ich die Summe der Stunden ziehen, die in meinem Leben zählen, so finde ich gewiß nur solche, die mir kein Vermögen der Welt je verschafft hätte. Die Freundschaft eines Mermoz kann man nicht kaufen, eines Kameraden, den gemeinsam bestandene Prüfungen für immer an einen binden.

Der Nachtflug mit seinen hunderttausend Sternen, die lichte Heiterkeit, das Herrengefühl für einige Stunden lassen sich für Geld nicht kaufen.

Das Wiedererleben der Erde nach einem schweren Flug, die Bäume, die Blumen, die Frauen, deren Lächeln wie neugefärbt ist durch das Leben, das uns mit dem Morgen neu geschenkt wurde, dieses Allerlei von kleinen Dingen, die unser Lohn sind, auch sie lassen sich nicht mit Geld kaufen.

Ebensowenig wie die Nacht im Aufstandsgebiet in Spanisch-Marokko, an die ich gerade denken muß.

Drei Besatzungen der Aéropostale waren wir, alle drei im Abenddämmern an der Küste von Rio de Oro notgelandet. Mein Kamerad Riguelle war als erster wegen Bruchs einer Pleuelstange niedergegangen. Ein anderer, Bourgat, war gelandet, um die Besatzung aufzunehmen, aber ein an sich belangloser Schaden hatte auch ihn an den Boden genagelt. Schließlich landete ich, aber da sank schon die Nacht. Wir beschlossen, Bourgats Maschine zu bergen und den Tag abzuwarten, um die Ausbesserung auszuführen.

Ein Jahr zuvor mußten unsere Kameraden Gourp und Érable genau an der gleichen Stelle notlanden und wurden

dissidents. Nous savions qu'aujourd'hui aussi un rezzou de trois cents fusils campait quelque part à Bojador. Nos trois atterrissages, visibles de loin, les avaient peut-être alertés, et nous commencions une veille qui pouvait être la dernière.

Nous nous sommes donc installés pour la nuit. Ayant débarqué des soutes à bagages cinq ou six caisses de marchandises, nous les avons vidées et disposées en cercle et, au fond de chacune d'elles, comme au creux d'une guérite, nous avons allumé une pauvre bougie, mal protégée contre le vent. Ainsi, en plein désert, sur l'écorce nue de la planète, dans un isolement des premières années du monde, nous avons bâti un village d'hommes.

Groupés pour la nuit sur cette grande place de notre village, ce coupon de sable où nos caisses versaient une lueur tremblante, nous avons attendu. Nous attendions l'aube qui nous sauverait, ou les Maures. Et je ne sais ce qui donnait à cette nuit son goût de Noël. Nous nous racontions des souvenirs, nous nous plaisantions et nous chantions.

Nous goûtions cette même ferveur légère qu'au cœur d'une fête bien préparée. Et cependant, nous étions infiniment pauvres. Du vent, du sable, des étoiles. Un style dur pour trappiste. Mais, sur cette nappe mal éclairée, six ou sept hommes qui ne possédaient plus rien au monde, sinon leurs souvenirs, se
92 partageaient d'invisibles richesses.

93 Nous nous étions enfin rencontrés. On chemine

von den Aufständischen ermordet. Wir wußten, daß auch heute ein Schar von dreihundert bewaffneten Aufständischen irgendwo bei Bojador lagerte. Vielleicht hatten die drei aufeinanderfolgenden Landungen, die weit sichtbar waren, diese Truppe aufmerksam gemacht. Wir begannen eine Nachtwache, die unsere letzte sein konnte.

Wir richteten uns für die Nacht ein. Aus den Laderäumen holten wir fünf oder sechs Warenkisten, leerten sie, stellten sie im Kreis auf und zündeten in der Höhlung einer jeden wie in einem Schilderhäuschen eine ärmliche Kerze an, die dort notdürftig vor dem Wind geschützt war. So bauten wir uns mitten in der Wüste auf der nackten Rinde unseres Planeten, in einer Einsamkeit wie zur Stunde der Schöpfung, ein Menschendorf.

Und wir warteten, zusammengeschart für die Nacht auf dem Hauptplatz unseres Dorfes, auf dem Stückchen Sand, auf das unsere Kisten ihr zitterndes Licht warfen. Wir warteten auf das rettende Frührot oder auf die Mauretanier. Und ich weiß nicht, was dieser Nacht eine solche Weihnachtsstimmung gab. Wir erzählten einander alte Geschichten, wir neckten uns und wir sangen.

Wir genossen dieselbe leicht gehobene Stimmung wie mitten in einem wohlvorbereiteten Fest. Dabei waren wir unendlich arm. Nur Wind, Sand und Sterne. Das wäre selbst für Trappisten hart gewesen. Und doch teilten auf dieser schlecht beleuchteten Fläche sechs oder sieben Menschen, die nichts besaßen als die Erinnerungen, unsichtbare Schätze untereinander aus.

In dieser Stunde fanden wir uns. Man geht so lange Zeit

longtemps côte à côte, enfermé dans son propre silence, ou bien l'on échange des mots qui ne transportent rien. Mais voici l'heure du danger. Alors on s'épaule l'un à l'autre. On découvre que l'on appartient à la même communauté. On s'élargit par la découverte d'autres consciences. On se regarde avec un grand sourire. On est semblable à ce prisonnier délivré qui s'émerveille de l'immensité de la mer.

2

Guillaumet, je dirai quelques mots sur toi, mais je ne te gênerai point en insistant avec lourdeur sur ton courage ou sur ta valeur professionnelle. C'est autre chose que je voudrais décrire en racontant la plus belle de tes aventures.

Il est une qualité qui n'a point de nom. Peut-être est-ce la «gravité», mais le mot ne satisfait pas. Car cette qualité peut s'accompagner de la gaieté la plus souriante. C'est la qualité même du charpentier qui s'installe d'égal à égal en face de sa pièce de bois, la palpe, la mesure et, loin de la traiter à la légère, rassemble à son propos toutes ses vertus.

J'ai lu, autrefois, Guillaumet, un récit où l'on célébrait ton aventure, et j'ai un vieux compte à régler avec cette image infidèle. On t'y voyait, lançant des boutades de «gavroche», comme si le courage consistait à s'abaisser à des railleries de collégien, au cœur des pires dangers et à l'heure de la mort. On ne te con-

nebeneinander her, jeder in seinem Schweigen befangen, oder man wechselt Worte, denen man nichts mitgibt. Da kommt die Stunde der Gefahr, man sucht Schulterfühlung und entdeckt, daß man zusammengehört. Diese Entdeckung anderer bewußter Wesenheiten weitet den Menschen. Man sieht sich an mit lächelndem Verstehen. Es ist einem zumute wie dem befreiten Gefangenen, der staunend die Unendlichkeit des Meeres erkennt.

2

Guillaumet, jetzt muß ich einige Worte über dich sagen! Aber ich will dich nicht bedrücken, indem ich plump bei deinem Mut und bei deiner Berufstüchtigkeit verweile. Ich will etwas ganz anderes veranschaulichen, will von deinem schönen Abenteuer erzählen.

Es gibt eine Eigenschaft, die noch keinen Namen hat. Manchmal nennt man sie «Besonnenheit», aber das Wort ist ungenügend. Denn die Eigenschaft, wie ich sie meine, kann mit strahlender Fröhlichkeit zusammengehen. Es ist die Eigenschaft des Zimmermanns, der sich seinem Stück Holz, gewissermaßen Mann gegen Mann, stellt, der es betastet und abschätzt und ernst nimmt, um all seine Eignung darauf zu konzentrieren.

Ich bekam einmal einen Bericht deines Abenteuers zu lesen und habe mit dieser irreführenden Schilderung ein Hühnchen zu rupfen. Da sah man dich mit Gassenjungenwitzen um sich werfen, als ob Mut darin bestünde, sich im Angesicht größter Gefahren oder gar des Todes zu Schülerspäßen

naissait pas, Guillaumet. Tu n'éprouves pas le besoin, avant de les affronter, de tourner en dérision tes adversaires. En face d'un mauvais orage, tu juges: «Voici un mauvais orage.» Tu l'acceptes et tu le mesures.

Je t'apporte ici, Guillaumet, le témoignage de mes souvenirs.

Tu avais disparu depuis cinquante heures, en hiver, au cours d'une traversée des Andes. Rentrant du fond de la Patagonie, je rejoignis le pilote Deley à Mendoza. L'un et l'autre, cinq jours durant, nous fouillâmes, en avion, cet amoncellement de montagnes, mais sans rien découvrir. Nos deux appareils ne suffisaient guère. Il nous semblait que cent escadrilles, naviguant pendant cent années, n'eussent pas achevé d'explorer cet énorme massif dont les crêtes s'élèvent jusqu'à sept mille mètres. Nous avions perdu tout espoir. Les contrebandiers mêmes, des bandits qui, là-bas, osent un crime pour cinq francs, nous refusaient d'aventurer, sur les contreforts de la montagne, des caravanes de secours: «Nous y risquerions notre vie», nous disaient-ils. «Les Andes, en hiver, ne rendent point les hommes.» Lorsque Deley ou moi atterissions à Santiago, les officiers chiliens, eux aussi, nous conseillaient de suspendre nos explorations. «C'est l'hiver. Votre camarade, si même il a survécu à la chute, n'a pas survécu à la nuit. La nuit, là-haut, quand elle passe sur l'homme, elle le change en glace.» Et lorsque de nouveau, je me glissais entre les murs et les piliers géants des Andes, il me

zu erniedrigen. Die Leute haben dich nicht gekannt, Guillaumet, du hast nicht das Bedürfnis, deine Gegner vor dem Kampf zu verhöhnen. Wenn du auf ein schweres Unwetter triffst, dann sagst du: «Das ist ein schweres Unwetter!» Als solches schätzt du es ein und als solches nimmst du es hin.

Ich bringe dir hier das Zeugnis meiner Einnerungen.

Seit fünfzig Stunden warst du überfällig. Es war Winter, und du hattest deinen Flug über die Anden angetreten. Ich kam gerade aus dem hintersten Patagonien zurück und traf mit dem Flieger Deley in Mendoza zusammen. Wir beide durchsuchten fünf Tage lang im Flugzeug das Berggewirr, ohne etwas zu finden. Unsere zwei Flugzeuge reichten nicht aus. Es kam uns so vor, als würden hundert Geschwader in hundertjährigem Flug die gewaltige Gebirgsmasse nicht zu Ende erforschen, deren Gipfel bis 7000 Meter hoch ragen. Wir gaben jede Hoffnung auf. Sogar die Schmuggler, die Räuber, die dort für fünf Francs ein Verbrechen wagen, lehnten es ab, sich als Rettungstruppen auf die Vorberge zu wagen: «Wir setzen da nur unser Leben aufs Spiel», erklärten sie, «im Winter geben die Anden keinen Menschen wieder heraus.» –

Als Deley und ich in Santiago landeten, rieten uns die chilenischen Offiziere ihrerseits, die Suche lieber aufzugeben.: «Es ist Winter. Ihr Kamerad hat die Nacht nicht überlebt, wenn er schon den Sturz überlebt hat. Die Nacht verwandelt da oben jeden, über den sie kommt, in Eis.» Als ich mich aufs neue zwischen die gewaltigen Mauern und Pfeiler den Anden verlor, da meinte ich weniger, dich zu suchen,

semblait, non plus te rechercher, mais veiller ton corps, en silence, dans une cathédrale de neige.

Enfin, au cours du septième jour, tandis que je déjeunais entre deux traversées, dans un restaurant de Mendoza, un homme poussa la porte et cria, oh! peu de chose:

– Guillaumet ... vivant!

Et tous les inconnus qui se trouvaient là s'embrassèrent.

Dix minutes plus tard, j'avais décollé, ayant chargé à bord deux mécaniciens, Lefebvre et Abri. Quarante minutes plus tard, j'avais atterri le long d'une route, ayant reconnu, à je ne sais quoi, la voiture qui t'emportait je ne sais où, du côté de San Raphaël. Ce fut une belle rencontre, nous pleurions tous, et nous t'écrasions dans nos bras, vivant, ressuscité, auteur de ton propre miracle. C'est alors que tu exprimas, et ce fut ta première phrase intelligible, un admirable orgueil d'homme: «Ce que j'ai fait, je te le jure, jamais aucune bête ne l'aurait fait.»

Plus tard, tu nous racontas l'accident.

Une tempête qui déversa cinq mètres d'épaisseur de neige, en quarante-huit heures, sur le versant chilien des Andes, bouchant tout l'espace, les Américains de la Pan-Air avaient fait demi-tour. Tu décollais pourtant à la recherche d'une déchirure dans le ciel. Tu le découvrais un peu plus au Sud, ce piège, et maintenant, vers six mille cinq cents mètres, dominant les

als im tiefen Schweigen eines Schneedomes die Totenwache für dich zu halten.

Schließlich am siebenten Tage, als ich zwischen zwei Überfliegungen in einer Gastwirtschaft in Mendoza beim Mittagessen saß, stieß ein Mann die Türe auf und rief nur zwei Worte:

«Guillaumet lebt!»

Und all die Unbekannten in dem Lokal fielen einander in die Arme.

Zehn Minuten später war ich in der Luft, nachdem ich zwei Mechaniker, Lefebvre und Abri, an Bord genommen hatte. Nach vierzig Minuten landete ich neben einer Straße, auf der ich, Gott weiß woran, den Wagen erkannt hatte, der dich irgendwo bei San Raphael abtransportierte. War das ein Wiedersehen! Wir weinten alle, wir erdrückten dich fast in unseren Armen. Und du lebtest, du warst auferstanden, du hattest dein eigenes Wunder gewirkt. Da sprach aus dir, in dem ersten verständlichen Satz, den du herausbrachtest, ein herrlicher Männerstolz: «Ich kann dir sagen: was ich getan habe, kein Tier hätte es fertiggebracht!»

Später hast du uns alles erzählt.

Ein Sturm, der in achtundvierzig Stunden den Chile zugewandten Hang der Anden mit fünf Meter Schnee bedeckte und die ganze Front versperrte, hatte die Amerikaner der Pan-Air zum Umkehren gebracht. Du aber flogst los und suchtest ein Loch im Wolkenhimmel. Etwas nach Süden zu fandst du eine solche Lücke, stiegst du bis auf sechstausendfünfhundert Meter und schwebtest nun über den Wolken, die

nuages qui ne plafonnaient qu'à six mille, et dont émergeaient seules les hautes crêtes, tu mettais le cap sur l'Argentine.

Les courants descendants donnent parfois aux pilotes une bizarre sensation de malaise. Le moteur tourne rond, mais l'on s'enfonce. On cabre pour sauver son altitude, l'avion perd sa vitesse et devient mou: on s'enfonce toujours. On rend la main, craignant maintenant d'avoir trop cabré, on se laisse dériver sur la droite ou la gauche pour s'adosser à la crête favorable, celle qui reçoit les vents comme un tremplin, mais l'on s'enfonce encore. C'est le ciel entier qui semble descendre. On se sent pris, alors, dans une sorte d'accident cosmique. Il n'est plus de refuge. On tente en vain le demi-tour pour rejoindre, en arrière, les zones où l'air vous soutenait, solide et plein comme un pilier. Mais il n'est plus de pilier. Tout se décompose, et l'on glisse dans un délabrement universel vers le nuage qui monte mollement, se hausse jusqu'à vous, et vous absorbe.

«J'avais déjà failli me faire coincer, nous disais-tu, mais je n'étais pas convaincu encore. On rencontre des courants descendants au-dessus de nuages qui paraissent stables, pour la simple raison qu'à la même altitude ils se recomposent indéfiniment. Tout est si bizarre en haute montagne ...»

Et quels nuages! ...

«Aussitôt pris, je lâchai les commandes, me cramponnant au siège pour ne point me laisser projeter

nicht über sechstausend hoch waren. Nur die höchsten Gipfel ragten hervor, und du nahmst Kurs auf Argentinien.

Fallwinde bereiten dem Flieger oft höchst unbehagliche Augenblicke. Der Motor läuft volle Drehzahl, aber das Flugzeug sinkt. Der Pilot nimmt den Bug hoch, um zu steigen. Dadurch verliert das Flugzeug an Geschwindigkeit und Lenkbarkeit. Zu allem Überfluß sinkt es trotzdem weiter. Da legt er die Maschine wieder waagerecht, denn er muß fürchten, schon zu steil in der Luft zu hängen. Er weicht rechts oder links vom Kurs ab und sucht sich im Aufwind einer Felswand emportragen zu lassen, die wie ein Sprungbrett die Winde abfängt. Aber er sinkt immer noch. Das ganze Luftmeer scheint in rasender Bewegung nach unten, der Flieger wird in einer Art Weltuntergang mitgerissen. Es gibt keinen Ausweg. Vergeblich versucht er zu wenden, um weiter hinten die Gegenden wieder zu erreichen, wo ihn die Luft noch trug, fest und sicher wie eine Säule. Aber die Säule steht nicht mehr. Alles löst sich auf, und in diesem allgemeinen Zusammenbruch sinkt er auf die Wolke zu, die weich und träge ansteigt, ihn erreicht, ihn verschlingt.

«Ein paarmal hatte es mich schon früher beinahe erwischt», erzähltest du uns,

«aber ich war noch nicht klug geworden. Über den Wolken trifft man nämlich auf Fallwinde, die stetig scheinen, bloß weil sie sich in gleicher Höhe ständig neu bilden. Oh, im Hochgebirge ist alles verrückt!»

Ja, und was für Wolken!

«Wie ich erst drinnen war, ließ ich das Steuer los und hielt mich krampfhaft am Sitz fest. Sonst wäre ich herausgeflogen.

au-dehors. Les secousses étaient si dures que les courroies me blessaient aux épaules et eussent sauté. Le givrage, de plus, m'avait privé net de tout horizon instrumental et je fus roulé comme un chapeau, de six mille à trois mille cinq.

«A trois mille cinq j'entrevis une masse noire, horizontale, qui me permit de rétablir l'avion. C'était un étang que je reconnus: la Laguna Diamante. Je la savais logée au fond d'un entonnoir, dont un des flancs, le volcan Maipu, s'élève à six mille neuf cents mètres. Quoique délivré du nuage, j'étais encore aveuglé par d'épais tourbillons de neige, et ne pouvais lâcher mon lac sans m'écraser contre un des flancs de l'entonnoir. Je tournai donc autour de la lagune, à trente mètres d'altitude jusqu'à la panne d'essence. Après deux heures de manège, je me posai et capotai. Quand je me dégageai de l'avion, la tempête me renversa. Je me rétablis sur mes pieds, elle me renversa encore. J'en fus réduit à me glisser sous la carlingue et à creuser un abri dans la neige. Je m'enveloppai là de sacs postaux et, quarante-huit heures durant, j'attendis.

«Après quoi, la tempête apaisée, je me mis en marche. Je marchai cinq jours et quatre nuits.»

Mais que restait-il de toi, Guillaumet? Nous te retrouvions bien, mais calciné, mais racorni, mais rapetissé comme une vieille! Le soir même, en avion, je te ramenais à Mendoza où des draps blancs coulaient sur toi comme un baume. Mais ils ne te guérissaient pas. Tu étais encombré de ce corps courbatu,

Die Stöße waren so hart, daß mir die Schultergurte ins Fleisch schnitten. Hätte ich mich nicht festgehalten, sie wären gerissen. Alles war sofort beschlagen, ich konnte nicht einmal den künstlichen Horizont ablesen. Wie ein Hut wurde ich von sechstausend auf dreitausendfünfhundert gerollt.

Bei dreifünf sah ich eine schwarze Masse und konnte das Flugzeug abfangen, weil sie waagerecht war. Es war ein See, und ich erkannte ihn: der Diamantsee, der in einem Felskessel liegt, dessen eine Wand, der Vulkan Maipu, bis sechstausendneunhundert Meter aufsteigt. Nun war ich ja die Wolke los, aber sehen konnte ich doch nichts vor dickem Schneetreiben. Den See konnte ich nicht verlassen, ohne an einer der Wände des Kessels zu zerschellen. So flog ich über der Laguna Diamante meine Kreise in dreißig Meter Höhe, bis mir der Treibstoff ausging. Nach zwei Stunden Zirkusarena landete ich und machte Bruch. Als ich ausstieg, warf mich der Sturm einfach um. Ich stand wieder auf. Er schmiß mich wieder um. Da blieb mir nichts übrig, als mich unter dem Rumpf zu bergen und mir einen Unterstand im Schnee zu bauen. Ich wickelte mich in Postsäcke ein und wartete achtundvierzig Stunden lang.

Dann legte sich der Sturm, und ich zog los. Ich bin fünf Tage und vier Nächte gegangen.»

Ja, was war dabei von dir übriggeblieben, Guillaumet? Wir hatten dich wieder, aber du warst kohlschwarz, verdorrt, geschrumpelt wie ein altes Weib. Am gleichen Tag noch flog ich dich nach Mendoza, wo du in ein weiches weißes Bett gesteckt wurdest. Aber es konnte dir nicht gleich helfen. Zu stark rebellierte der zerschlagene Körper. Du wälztest dich unruhig

que tu tournais et retournais, sans parvenir à le loger dans le sommeil. Ton corps n'oubliait pas les rochers ni les neiges. Ils te marquaient. J'observais ton visage noir, tuméfié, semblable à un fruit blet qui a reçu des coups. Tu étais très laid, et misérable, ayant perdu l'usage des beaux outils de ton travail: tes mains demeuraient gourdes, et quand, pour respirer, tu t'asseyais sur le bord de ton lit, tes pieds gelés pendaient comme deux poids morts. Tu n'avais même pas terminé ton voyage, tu haletais encore, et, lorsque tu te retournais contre l'oreiller, pour chercher la paix, alors une procession d'images que tu ne pouvais retenir, une procession qui s'impatientait dans les coulisses, aussitôt se mettait en branle sous ton crâne. Et elle défilait. Et tu reprenais vingt fois le combat contre des ennemis qui ressuscitaient de leurs cendres.

Je te remplissais de tisanes:

– Bois, mon vieux!

– Ce qui m'a le plus étonné... tu sais...

Boxeur vainqueur, mais marqué des grands coups reçus, tu revivais ton étrange aventure. Et tu t'en délivrais par bribes.

Et je t'apercevais, au cours de ton récit nocturne, marchant, sans piolet, sans cordes, sans vivres, escaladant des cols de quatre mille cinq cents mètres, ou progressant le long des parois verticales, saignant des pieds, des genoux et des mains, par quarante degrés de froid. Vidé peu à peu de ton sang, de

hin und her und fandest weder die rechte Lage noch den Schlaf. Dein Körper konnte die Felsen und den Schnee nicht vergessen; er war gezeichnet. Ich schaute in dein schwarzes, zerbeultes Gesicht, das einer überreifen, zerpufften Birne ähnlich sah. Du warst sehr häßlich und sehr, sehr elend. Die schönen Werkzeuge der Arbeit konntest du nicht gebrauchen: deine Hände waren steif, und wenn du dich auf den Rand deines Bettes setztest, um einmal frei atmen zu können, hingen deine erforenen Füße wie tot herunter. Deine Wanderung war noch nicht zu Ende. Noch keuchtest du weiter, und kaum hattest du den Kopf in die Kissen vergraben, um Frieden zu finden, da begann in deinem Geist der Zug von Bildern. Sie waren nicht abzuschütteln, sie warteten ungeduldig in den Kulissen darauf, ihre Prozession zu beginnen. Und dann marschierten sie los. Zwanzigmal mußtest du den Kampf gegen die Feinde neu aufnehmen, die aus der Asche auferstanden.

Ich flößte dir Mengen Kräutertee ein:

«Trink, Alter!»

«Und weißt du ... das Sonderbarste ... war doch ...»

So erlebtest du dein einzigartiges Abenteuer wieder, als Sieger, doch gezeichnet von den schweren Schlägen, die du hattest einstecken müssen. Stück für Stück redetest du es dir von der Seele, und ich erlebte deinen Marsch in der gleichen Nacht mit, so wie du ihn berichtetest. Ohne Pickel, ohne Seile, ohne Lebensmittel erstiegst du Höhen von viertausendfünfhundert Metern, oder bahntest dir einen Weg an senkrecht abfallenden Wänden entlang; Blut lief aus Füßen, Knien und Händen bei vierzig Grad Kälte. Immer mehr schwanden Blut und Kraft und

tes forces, de ta raison, tu avançais avec un entêtement de fourmi, revenant sur tes pas pour contourner l'obstacle, te relevant après les chutes, ou remontant celles des pentes qui n'aboutissaient qu'à l'abîme, ne t'accordant enfin aucun repos, car tu ne te serais pas relevé du lit de neige.

Et, en effet, quand tu glissais, tu devais te redresser vite, afin de n'être point changé en pierre. Le froid te pétrifiait de seconde en seconde, et, pour avoir goûté, après la chute, une minute de repos de trop, tu devais faire jouer, pour te relever, des muscles morts.

Tu résistais aux tentations. «Dans la neige, me disais-tu, on perd tout instinct de conservation. Après deux, trois, quatre jours de marche, on ne souhaite plus que le sommeil. Je le souhaitais. Mais je me disais: Ma femme, si elle croit que je vis, croit que je marche. Les camarades croient que je marche. Ils ont tous confiance en moi. Et je suis un salaud si je ne marche pas.»

Et tu marchais, et, de la pointe du canif, tu entamais, chaque jour un peu plus, l'échancrure de tes souliers, pour que tes pieds qui gelaient et gonflaient, y pussent tenir.

Tu m'as fait cette étrange confidence:

«Dès le second jour, vois-tu, mon plus gros travail fut de m'empêcher de penser. Je souffrais trop, et ma situation était par trop désespérée. Pour avoir le courage de marcher, je ne devais pas la considérer. Malheureusement, je contrôlais mal mon cerveau, il tra-

Denken, aber weiter ging es mit dem besessenen Eigensinn der Ameisen. Du kehrtest um, wenn du ein Hindernis umgehen mußtest, du standest nach jedem Sturz wieder auf und klettertest die Abhänge wieder hoch, die nur zum Abgrund führten. Du gönntest dir keine Ruhe, denn von dem Schneebett wärest du nie wieder aufgestanden.

Tatsächlich, wenn du ausrutschtest und hinfielst, mußtest du dich schnell erheben, um nicht zu Fels zu werden. Die Kälte versteinerte dich in wenigen Augenblicken. Wenn du dich nach einem Sturz nur eine Minute zu lang der Ruhe hingabst, mußtest du die abgestorbenen Muskeln mühsam in Tätigkeit versetzen, um wieder hochzukommen.

Du widerstandest allen Versuchungen. Du erzähltest es so: «Im Schnee, weißt du, stirbt der Selbsterhaltungstrieb. Nach zwei, drei, vier Tagen Marsch willst du nur noch schlafen. Ich wollte es auch. Aber ich sagte mir: wenn meine Frau glaubt, daß ich lebe, dann glaubt sie, daß ich marschiere. Die Kameraden glauben auch, daß ich marschiere. Alle glauben an mich. Da wäre ich ein Schweinehund, wenn ich nicht marschierte.»

Und du marschiertest weiter. Jeden Tag mußtest du mit dem Taschenmesser den Einschnitt in den Schuhen etwas verlängern, damit die erfrorenen und geschwollenen Füße noch Platz fanden.

Du erzähltest überraschende Einzelheiten:

«Vom zweiten Tage an war meine schwerste Arbeit, mich selbst am Denken zu hindern. Ich litt zu sehr, und meine Lage war zu hoffnungslos. Wenn ich da den Mut zum Weitergehen behalten wollte, durfte ich nicht nachdenken. Aber leider konnte ich mein Gehirn nur schlecht drosseln. Es arbeitete wie

vaillait comme une turbine. Mais je pouvais lui choisir encore ses images. Je l'emballais sur un film, sur un livre. Et le film ou le livre défilait en moi à toute allure. Puis ça me ramenait à ma situation présente. Immanquablement. Alors je le lançais sur d'autres souvenirs...»

Une fois cependant, ayant glissé, allongé à plat ventre dans la neige, tu renonças à te relever. Tu étais semblable au boxeur qui, vidé d'un coup de toute passion, entend les secondes tomber une à une dans un univers étranger, jusqu'à la dixième qui est sans appel.

«J'ai fait ce que j'ai pu et je n'ai point d'espoir, pourquoi m'obstiner dans ce martyre?» Il te suffisait de fermer les yeux pour faire la paix dans le monde. Pour effacer du monde les rocs, les glaces et les neiges. A peine closes ces paupières miraculeuses, il n'était plus ni coups, ni chutes, ni muscles déchirés, ni gel brûlant, ni ce poids de la vie à traîner quand on va comme un bœuf, et qu'elle se fait plus lourde qu'un char. Déjà, tu le goûtais, ce froid devenu poison, et qui, semblable à la morphine, t'emplissait maintenant de béatitude. Ta vie se réfugiait autour du cœur. Quelque chose de doux et de précieux se blottissait au centre de toi-même. Ta conscience peu à peu abandonnait les régions lointaines de ce corps qui, bête jusqu'alors gorgée de souffrances, participait déjà de l'indifférence
108 du marbre.

109 Tes scrupules mêmes s'apaisaient. Nos appels ne

eine Turbine. Aber wenigstens konnte ich ihm vorschreiben, was es sich vorzustellen hatte. Ich brachte es auf einen Film oder auf ein Buch. Dann aber lief der Film oder das Buch mit großer Geschwindigkeit in mir ab, und schließlich führte mich alles wieder auf meine Lage zurück. Da half nichts. Dann steuerte ich das Denken auf andere Erinnerungen hin...»

Einmal freilich, als du ein größeres Stück auf dem Bauch durch den Schnee gerutscht warst, gabst du es auf. Es ging dir wie dem Boxer, dem ein schwerer Schlag allen Kampfgeist ausgetrieben hat, so daß er die Sekunden eine nach der anderen wie in eine fremde Welt fallen hört bis zur zehnten, unwiderruflichen.

«Ich habe getan, was ich konnte, und es gibt doch keine Hoffnung mehr – wozu soll ich mich weiter schinden?» Es genügte ja, die Augen zufallen zu lassen, um Frieden fürs Leben zu schließen, um die Felsen, das Eis und den Schnee aus der Welt zu schaffen. Kaum waren die wundertätigen Lider geschlossen, und schon gab es keine harten Stöße mehr, keine wilden Stürze, keine zerrissenen Muskeln, keinen brennenden Frost. Da brauchte man das Leben nicht weiterzuschleppen, das einem schwer wie ein Wagen anhängt, wenn man wie ein Ochse weiterschreitet. Schon fühltest du das Gift der Kälte, das wie Morphium ein Gefühl der Beseligung verbreitete. Alles, was dir an Lebenskraft blieb, sammelte sich ums Herz, etwas sehr Liebes und sehr Kostbares barg sich in der Mitte deines Körpers. Langsam verließ die Empfindung die entfernten Glieder, und allmählich wurde aus einem bis an die Grenze des Möglichen leidenden Tier ein empfindungsloser Stein.

Sogar dein Gewissen sprach leiser. Unsere Rufe erreichten

t'atteignaient plus, ou, plus exactement, se changeaient pour toi en appels de rêve. Tu répondais heureux par une marche de rêve, par de longues enjambées faciles, qui t'ouvraient sans efforts les délices des plaines. Avec quelle aisance tu glissais dans un monde devenu si tendre pour toi! Ton retour, Guillaumet, tu décidais, avare, de nous le refuser.

Les remords vinrent de l'arrière-fond de ta conscience. Au songe se mêlaient soudain des détails précis. «Je pensais à ma femme. Ma police d'assurance lui épargnerait la misère. Oui, mais l'assurance...»

Dans le cas d'une disparition, la mort légale est différée de quatre années. Ce détail t'apparut éclatant, effaçant les autres images. Or, tu étais étendu à plat ventre sur une forte pente de neige. Ton corps, l'été venu, roulerait avec cette boue vers une des mille crevasses des Andes. Tu le savais. Mais tu savais aussi qu'un rocher émergeait à cinquante mètres devant toi: «J'ai pensé: si je me relève, je pourrai peut-être l'atteindre. Et si je cale mon corps contre la pierre, l'été venu on le retrouvera.»

Une fois debout, tu marchas deux nuits et trois jours.

Mais tu ne pensais guère aller loin:

«Je devinai la fin à beaucoup de signes. Voici l'un d'eux. J'étais contraint de faire halte toutes les deux heures environ, pour fendre un peu plus mon soulier, frictionner de neige mes pieds qui gonflaient, ou simplement pour laisser reposer mon cœur. Mais vers les

dich nicht mehr; es wurden Traumrufe aus ihnen. Beseligt folgtest du ihnen in einem Traummarsch mit langen, leichten Schritten ohne alle Mühe, wie man im endlich erreichten Flachland geht.

Spielend leicht ging es über die Welt hin, die plötzlich so freundlich für dich war. Kamerad Guillaumet, da wolltest du uns deine Wiederkehr geizig versagen!

Aber aus den Hintergründen des Gewissens kam plötzlich die Reue. Klare Bilder mischten sich in den Traum: «Ich dachte an meine Frau. Die Lebensversicherung schützte sie vor Not. Die Lebensversicherung aber...»

Ein Vermißter wird erst nach vier Jahren für tot erklärt! Dieser Satz verdrängte mit einschneidender Schärfe alle übrigen Bilder. Plötzlich wußtest du wieder, daß du flach auf einem steilen Schneehang lagst. Deine Leiche würde im Sommer mit dem schmelzenden Schnee in einer der vielen tausend Klüfte der Anden verschwinden. Das wußtest du. Aber du wußtest auch, daß fünzig Meter vor dir ein Fels aus dem Schnee aufragte: «Da habe ich gedacht: ‹Wenn ich aufstehe, komme ich vielleicht so weit, und dann hänge ich mich über den Stein, und im Sommer werde ich dann gefunden.›»

Nachdem du aufgestanden warst, gingst du noch zwei Tage und drei Nächte.

Freilich glaubtest du nicht weit zu kommen.

«Mancherlei ließ mich das Ende ahnen. Ein Zeichen war, daß ich etwa alle zwei Stunden haltmachen mußte, um meine Schuhe etwas weiter aufzuschlitzen und meine anschwellenden Füße mit Schnee zu reiben, oder auch einfach, um das Herz ausruhen zu lassen. Aber die letzten Tage verlor ich das Ge-

derniers jours je perdais la mémoire. J'étais reparti depuis longtemps déjà, lorsque la lumière se faisait en moi : j'avais chaque fois oublié quelque chose. La première fois, ce fut un gant, et c'était grave par ce froid ! Je l'avais déposé devant moi et j'étais reparti sans le ramasser. Ce fut ensuite ma montre. Puis mon canif. Puis ma boussole. A chaque arrêt je m'appauvrissais...

«Ce qui sauve, c'est de faire un pas. Encore un pas. C'est toujours le même pas que l'on recommence...»

«Ce que j'ai fait, je le jure, jamais aucune bête ne l'aurait fait.» Cette phrase, la plus noble que je connaisse, cette phrase qui situe l'homme, qui l'honore, qui rétablit les hiérarchies vraies, me revenait à la mémoire. Tu t'endormais enfin, ta conscience était abolie, mais de ce corps démantelé, fripé, brûlé, elle allait renaître au réveil, et de nouveau le dominer. Le corps, alors, n'est plus qu'un bon outil, le corps n'est plus qu'un serviteur. Et, cet orgueil du bon outil, tu savais l'exprimer aussi, Guillaumet :

«Privé de nourriture, tu t'imagines bien qu'au troisième jour de marche... mon cœur, ça n'allait plus très fort... Eh bien ! le long d'une pente verticale, sur laquelle je progressais, suspendu au-dessus du vide, creusant des trous pour loger mes poings, voilà que mon cœur tombe en panne. Ça hésite, ça repart. Ça bat de travers. Je sens que s'il hésite une seconde de trop, je lâche. Je ne bouge plus et j'écoute en moi. Jamais, tu m'entends ? jamais en avion je ne me suis

dächtnis. Ich war jedesmal schon weit gegangen, wenn mir die Erleuchtung kam, daß ich beim letzten Halt etwas hatte liegenlassen. Das erste Mal war es ein Handschuh, und das war bei der Kälte schlimm! Ich hatte ihn vor mich hingelegt und war weitergegangen, ohne ihn aufzuheben. Dann war es die Uhr. Dann das Messer. Dann der Kompaß. Nach jeder Rast war ich ärmer.

Nur eins rettet: ein Schritt – und noch ein Schritt. Immer wieder tut man denselben Schritt.»

«Ich kann dir sagen: was ich getan habe, kein Tier hätte es fertiggebracht.» An diesen Ausspruch mußte ich denken. Konnte man es großartiger ausdrücken? In diesem Satz war der Mensch in seine Stellung eingesetzt; die wahre Rangordnung der Natur war wiederhergestellt. Endlich schliefst du ein, und das Bewußtsein rastete. Aber in diesem abgewrackten, zerknitterten und zerdörrten Körper wurde es gleich beim Erwachen wieder lebendig und mächtig. Da ist der Körper wirklich nur ein gutes Werkzeug, nur ein Diener. Den Stolz, ein solches Werkzeug zu sein, auch den konntest du so schön aussprechen, Guillaumet:

«Weil ich nichts zu essen hatte, kannst du dir denken, daß mein Herz am dritten Marschtag nicht mehr sehr gut ging. Hänge ich da einmal über dem Nichts; denn es ging gerade an einem Steilabfall entlang, wo ich mir Löcher machen mußte, um mich mit den Händen daran zu klammern. Da hat das Herz auf einmal Panne. Es setzt aus, dann springt es wieder an, es klopft verkehrt. Ich spüre: wenn es nur eine Sekunde zu lang aussetzt, dann lasse ich los. Ich halte ganz still und lausche in

senti accroché d'aussi près à mon moteur, que je ne me suis senti, pendant ces quelques minutes-là, suspendu à mon cœur. Je lui disais: Allons, un effort! Tâche de battre encore... Mais c'était un cœur de bonne qualité! Il hésitait, puis repartait toujours... Si tu savais combien j'étais fier de ce cœur!»

Dans la chambre de Mendoza où je te veillais, tu t'endormais enfin d'un sommeil essoufflé. Et je pensais: si on lui parlait de son courage, Guillaumet hausserait les épaules. Mais on le trahirait aussi en célébrant sa modestie. Il se situe bien au delà de cette qualité médiocre.

S'il hausse les épaules, c'est par sagesse. Il sait qu'une fois pris dans l'événement, les hommes ne s'en effraient plus. Seul l'inconnu épouvante les hommes. Mais, pour quiconque l'affronte, il n'est déjà plus l'inconnu. Surtout si on l'observe avec cette gravité lucide. Le courage de Guillaumet, avant tout, est un effet de sa droiture.

Sa véritable qualité n'est point là. Sa grandeur, c'est de se sentir responsable. Responsable de lui, du courrier et des camarades qui espèrent. Il tient dans ses mains leur peine ou leur joie. Responsable de ce qui se bâtit de neuf, là-bas, chez les vivants, à quoi il doit participer. Responsable un peu du destin des hommes, dans la mesure de son travail.

114 Il fait partie des êtres larges qui acceptent de cou-
115 vrir de larges horizons de leur feuillage. Être homme,

mich hinein. Niemals, hörst du, niemals solange ich fliege, habe ich mich so an meinen Motor gehalten wie in den paar Minuten damals an mein Herz. Ich sagte ihm: Feste! Nochmal! Laß nicht nach! Weiter! – Aber es war ein Herz erster Wahl, es setzte wohl aus, aber es sprang immer wieder an. Du kannst dir gar nicht vorstellen, wie stolz ich auf mein Herz war.»

Endlich warst du in dem Zimmer zu Mendoza, wo ich bei dir wachte, in den Schlaf der Erschöpfung gefallen. Ich dachte: Wenn man von seinem Mut reden wollte, er würde nur mit den Achseln zucken. Man würde ihm aber auch nicht gerecht, wenn man seine Bescheidenheit hervorheben wollte. Er ist über diese mittelmäßige Eigenschaft hoch erhaben. Nur aus Klugheit gibt er das nicht zu, weil er weiß, daß die Menschen sich überhaupt nicht mehr fürchten, wenn sie erst in den Ereignissen drinstehen. Nur das Unbekannte, ängstigt die Menschen. Sobald man ihm die Stirn bietet, ist es schon kein Unbekanntes mehr, besonders wenn man es mit diesem hellsichtigen Ernst beobachtet. Guillaumets Mut kommt vor allem von seiner Geradlinigkeit.

Aber das ist gar nicht seine besondere Größe; die fließt aus seinem Verantwortungsgefühl. Er fühlt sich verantwortlich für sich selbst, seine Post und die Kameraden, die auf ihn warten. An seiner Entscheidung liegt es, ob sie sich freuen dürfen oder sich sorgen müssen. Er trägt Mitverantwortung für alles da unten bei den Lebenden, woran er mitbauen soll, also im Rahmen seiner Arbeit ein wenig für das Schicksal der Menschheit.

Er gehört zu den Wesen, die sich nicht scheuen, ihre Zweige weithin auszubreiten. Mensch sein, genau genommen, heißt

c'est précisément être responsable. C'est connaître la honte en face d'une misère qui ne semblait pas dépendre de soi. C'est être fier d'une victoire que les camarades ont remportée. C'est sentir, en posant sa pierre, que l'on contribue à bâtir le monde.

On veut confondre de tels hommes avec les toréadors ou les joueurs. On vante leur mépris de la mort. Mais je me moque bien du mépris de la mort. S'il ne tire pas ses racines d'une responsabilité acceptée, il n'est que signe de pauvreté ou d'excès de jeunesse. J'ai connu un suicidé jeune. Je ne sais plus quel chagrin d'amour l'avait poussé à se tirer soigneusement une balle dans le cœur. Je ne sais à quelle tentation littéraire il avait cédé en habillant ses mains de gants blancs, mais je me souviens d'avoir ressenti en face de cette triste parade une impression non de noblesse mais de misère. Ainsi, derrière ce visage aimable, sous ce crâne d'homme, il n'y avait rien eu, rien. Sinon l'image de quelque sotte petite fille semblable à d'autres.

Face à cette destinée maigre, je me rappelais une vraie mort d'homme. Celle d'un jardinier, qui me disait: «Vous savez... parfois je suais quand je bêchais. Mon rhumatisme me tirait la jambe, et je pestais contre cet esclavage. Eh bien, aujourd'hui, je voudrais bêcher, bêcher dans la terre. Bêcher, ça me paraît tellement beau! On est tellement libre quand on bêche! Et puis, qui va tailler aussi mes arbres?» Il laissait une terre en friche. Il laissait une planète en friche. Il était

Verantwortung fühlen: sich schämen beim Anblick einer Not, auch wenn man offenbar keine Mitschuld an ihr hat; stolz sein auf den Erfolg, den die Kameraden errungen haben; seinen Stein beitragen im Bewußtsein, mitzuwirken am Bau der Welt.

Und solche Menschen will man mit Stierkämpfern oder Spielern in eine Reihe bringen? Man preist ihre Todesverachtung. Ich pfeife auf Todesverachtung. Sie ist nur ein Zeichen geistiger Armut oder jugendlicher Unreife, wenn sie nicht in einer übernommenen Verantwortung wurzelt. Ich habe einen Fall von Selbstmord erlebt. Irgendein Liebeskummer trieb den jungen Menschen dazu, sich mit größter Genauigkeit die Kugel mitten ins Herz zu jagen. Dazu hatte er, Gott weiß von welchem literarischen Vorbild verführt, weiße Handschuhe angezogen. Ich weiß noch, wie sehr ich diese traurige Schaustellung nicht als vornehm, sondern als erbärmlich empfand. Nichts, gar nichts hatte also hinter dieser Menschenstirn über dem freundlichen Gesicht gesteckt, nichts als das Bild eines albernen kleinen Mädchens, wie es so viele gibt.

Gegenüber diesem kläglichen Schicksal erinnerte ich mich eines wirklichen Männertodes, des Sterbens eines Gärtners, der mir sagte: «Wissen Sie, manchmal habe ich beim Graben tüchtig geschwitzt, und das Reißen im Bein hat mich geplagt, und ich habe über diese Sklavenarbeit geflucht. Heute dagegen möchte ich graben, das Land umgraben; nichts kommt mir schöner vor als Graben. Beim Graben ist man so frei! Und wer wird nun meine Bäume beschneiden?» Er ließ Land brach zurück. Er ließ einen Planeten brach liegen. Denn

lié d'amour à toutes les terres et à tous les arbres de la terre. C'était lui le généreux, le prodigue, le grand seigneur! C'était lui, comme Guillaumet, l'homme courageux, quand il luttait au nom de sa Création, contre la mort.

allem Land und allen Bäumen der ganzen Welt war er in Liebe verbunden. Er war der Freigebige, er war der Verschwender, der große Herr. Er war, wie Guillaumet, der tapfere Ritter, als er im Namen seiner Schöpfung mit dem Tode rang.

Antoine de Saint-Exupéry wurde am 29. 6. 1900 in Lyon geboren. Er verlor früh den Vater und wurde von der Mutter auf dem Schloß de La Mole erzogen. Er war Schüler in einem Jesuitenkolleg, später Architekturstudent in Paris, Soldat bei der Luftwaffe, Handelsvertreter. In den zwanziger Jahren wurde er Flieger und flog die Strecke Toulouse–Casablanca–Dakar. 1927–29 war er Direktor des Flugplatzes Cap Juby/Rio de Oro, 1929 wurde er Direktor der Aeroposta Argentina in Buenos Aires. 1931 Heirat. 1934 Eintritt in die Air France. Längeres Krankenlager nach einem Flugzeugunfall. Im September 1939 wurde Saint-Exupéry Pilot in einer Aufklärer-Staffel, im Dezember 1940 ging er nach Amerika, 1943 kam er nach Nordafrika. Seit 31. 7. 1944 ist er vermißt. Wahrscheinlich haben ihn auf der Höhe von Korsika deutsche Jäger abgeschossen.